KB167356

개와 함께한 하루

개와 함께한 하루

산더 콜라트 지음
문지희 옮김

흐름출판

요나와 플로리스에게

네가 흙으로 돌아갈 때까지

얼굴에 땀을 흘려야 먹을 것을 먹으리니

네가 그것에서 취함을 입었음이라

너는 흙이니 흙으로 돌아갈 것이니라 하시니라.

-〈창세기〉 3장 19절-

1부

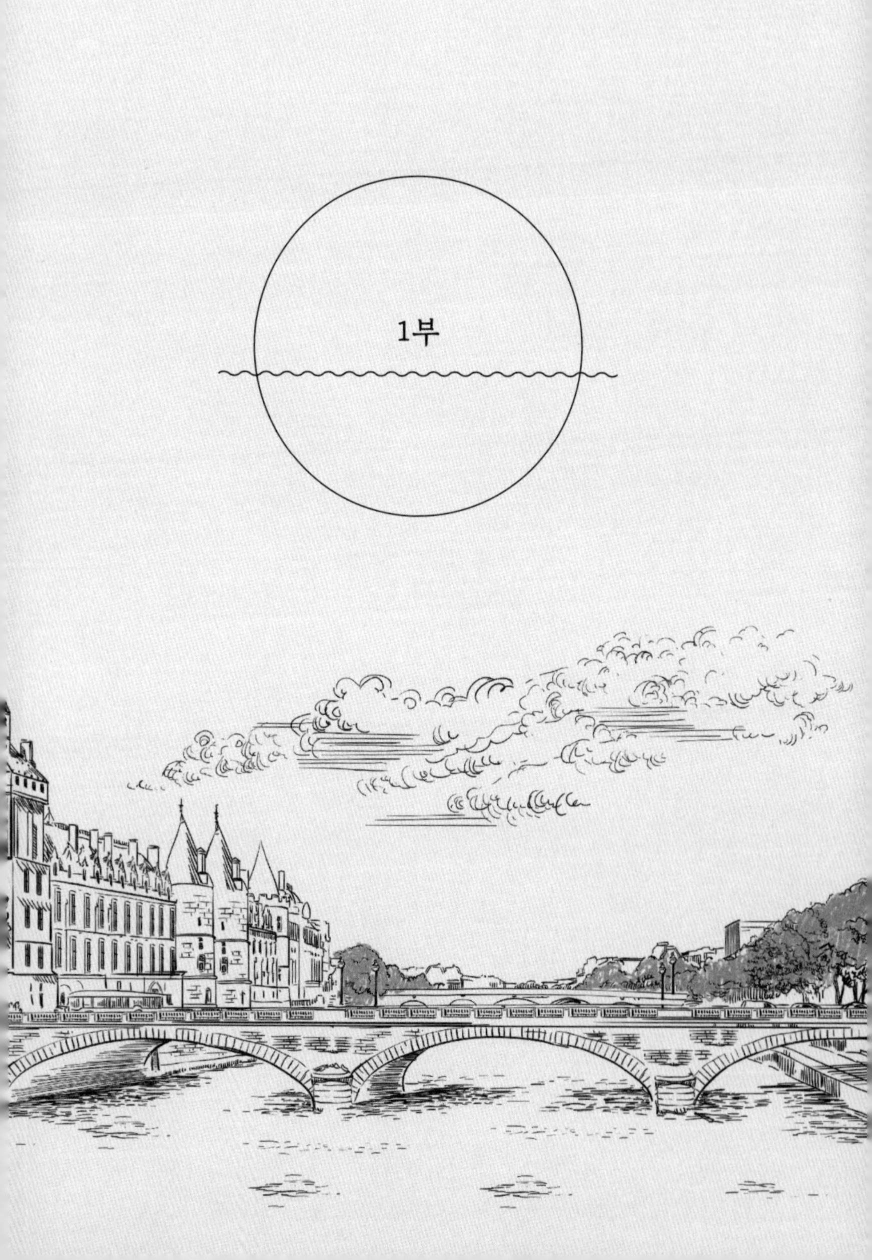

심장이 뛴다.

헹크 판 도른은 잠에서 깨어나며 생각한다. 몸속에 피가 흐른다. 결국에는 이것이 그걸 설명할 수 있는 가장 완벽한 방법이다. 살아 있다는 것.

평범하지 않은 발상이다. 잠에서 깨어나 의식을 찾고 하루를 맞이하는 순간치고는 유별난 시작이다. 그럼에도 이 세상 모든 시작에는 결과가 있기 마련이듯, 이 시작은 다음 과정으로 이어진다. 생각의 첫 관문이 열리자, 새로운 정보들이 잇달아 들어온다. 공간(침실이고), 시간(여덟 시와 아홉 시 사이이며), 날씨(맑다). 이건 마냥 기꺼운 마음으로 일어나는 일들이 아니다. 마치 이제 막 잠에서 깬 사춘기 소년들이 떠맡겨지듯 시작되는 하루에 짜증을 내며 세상 귀찮은 듯한 표정으로 꾸역꾸역 아침식탁에 와 앉듯이, 새로운 정보들 역시 발을 질질 끌며 들어온다. 헹크는 비몽사몽으로 무거운 몸을 침대에 뉘인 채 다가오는 새로운 정보들을 자기와는 상관없는 일인 듯 무심히 살핀다. 오늘이 토요일이군. 어제 저녁에는 빌런의 컨디션이 별로였지. 음식이 잘못된 탓일까. 조카 로사한테 전화를 해줘야 할 텐데. 오늘은 그녀의 생일이다. 정보의 양은 점점 증가하고, 자신이 어떤 사람인지에 대한 의식도 점점 또렷해진다. 헹크 판 도른, 중환자실 간호사, 56세.

시계를 본 순간 그는 깨닫는다. 이 모든 정보들을 항상 신뢰할 수 있는 건 아니라는 사실을. 시간은 이제 막 여섯 시가 넘었을 뿐이다. 그는 선택의 기로에 서게 된다. 편히 누워 다시 눈을 감아볼까? 막 수집된 정보들은 다시 새로운 수면 아래로 가라앉겠지? 솔깃한 유혹이긴 하지만, 너무 늦었다. 이미 거대한 양의 정보가 그에게 도달했고, 그러는 사이에도 또 새로운 정보들이 사방에서 밀려와 불어나고 있다. 이건 사춘기 소년이 아니라, 며칠 전 목장에서 보았던 송아지 떼의 모습과도 흡사하다. 흥분해서 날뛰는 송아지들이 울타리를 따라 그와 빌런을 쫓아왔었다. 그가 송아지들 쪽으로 한 걸음을 내디디며 '부~' 소리를 내자, 송아지들은 우르르 뒷걸음질쳤다. 그러고는 몇 미터 떨어진 곳에서 반원 형태로 늘어서서 축축한 코를 혀로 핥으며 졸린 눈으로 그를 응시했다. 그가 누구이고 어떤 사람인지에 대한 정보들이 아직도 부동의 자세로 침대에 누워 있는 그를 빤히 내려다보고 있듯이 말이다.

심장이 뛴다. 그는 다시 심장박동 소리를 듣는다. 몸속에 피가 흐르고 있다는 걸 다시 느낀다. 그가 이런 생각을 하는 건 어제 저녁 교대근무가 끝나고 새로 온 간호사와 나누었던 대화의 여운이라는 걸 깨닫는다. 그녀의 이름이 무엇이었는지는 기억나지 않는다. 두 사람은 심장에 부여된 의미에 대해 이야기를 나누었다.

"심장은 비밀을 감추고 있어요. 그리고 우리는 그것을 알 수 있죠. 사랑의 감정에 심장의 피는 끓어 넘치기도 하고, 또 어떤 경우에는 무서울 정도로 차가워질 수도 있어요."

그러자 그녀는 단호한 목소리로 말했다.

"말도 안 돼요."

그녀의 태도는 그에게 일말의 불쾌감을 불러일으켰다.

"그건 말이 안 돼요. 심장은 일종의 펌프예요. 심장이 뛰면, 몸속에 피가 돌게 되는 거죠. 그게 전부에요."

그는 몸을 뒤척인다. 몸을 돌려 등을 대고 누우며 기지개를 편다. 방 안으로 흘러 들어오는 햇살이 이제 여름이라는 걸, 정확히 말하면 칠월이라는 걸 확연히 느끼게 해 준다. 지긋지긋한 날씨다. 숨 막히는 더위가 며칠이나 지속되었다. 길가에 조용히 줄지어 서 있는 가로수 잎들도 더위에 흐느적거리고 있다. 휴가를 떠난 사람들로 인해 거리와 가게들은 한산하다. 헹크는 휴가를 가지 않았다. 같이 휴가를 떠날 사람도 없을 뿐더러, 남동생이 그에게 추천해 준 것처럼, 다른 싱글들과 단체로 고풍스러운 그리스나 친절한 감비아나 또는 신비스러운 북극으로 여행하는 일 따위는 절대 하지 않을 거다. 그런 짓을 하느니 차라리 죽는 게 낫다. 하느님 맙소사!

그는 갑자기 화가 치밀어 오른다. 프레이크는 도대체 왜 그러는 걸까? 왜 나한테 무슨 *문제*가 있다고 생각하는 거지? 왜 뭔가를 꼭 *해야* 한다고 생각하는 거냐고? 이불 위 털북숭이 그의 손은 어느새 주먹을 꽉 쥐고 있다. 그리고 종종 그랬던 것처럼, 머릿속으로 프레이크에게 욕을 퍼붓는다. 남동생은 평범한 틀에서 벗어나는 걸 못 견디는 겁쟁이다. 그 틀은 *그 녀석이 만든* 것이고, 그 틀에서 헹크는 벗어나 있는 것이다. 헹크는 이혼을 했고, 그건 잘못된 일이다. 헹크는 여전히 독신이며, 그것도 잘

못된 일이다. 휴가를 떠나지 않은 것 또한 잘못된 일이다. 이런 예는 얼마든지 댈 수 있다. 투자를 하지 않는다. 잘못된 일이다. 아우디가 없다. 잘못된 일이다. 집을 사지 않았다. 잘못된 일이다. 일주일에 세 번 스포츠센터에 가지 않는다. 잘못된 일이다. 그의 주먹은 심장처럼 불끈거리고, 분노는 검은 피가 되어 몸을 타고 흐른다. 서서히 죽어갈 것만 같다. 삶에 대한 그의 애정도, 그의 생명력도. 정신을 차리자. 분노는 건강에 좋지 않다. 분노는 그를 냉소적이고 매력이 떨어지게 만들 거다. 그를 더 늙게 만들 거다. 심지어 분노 때문에 살이 더 쪘다고 해도 하나도 놀랄 게 없을 것 같다. 그리고 이건 결코 그가 바라는 게 아니다.

사스키아. 기억났다. 새로 온 간호사의 이름이다. 그녀는 가냘픈 몸매와 금발의 염색 머리 그리고 강렬한 눈매를 지녔다. 그녀가 그를 어떻게 생각하는지 헹크는 잘 알고 있다–늙은 아저씨. 삶에 찌들고 뚱뚱하고 고루한 옛날 사람. 시대에 뒤떨어진 구닥다리. 한물간 사람. 반대로 그가 그녀를 어떻게 생각하는지 그녀는 알지 못한다–신세대. 경험보다 글로 배운 지식이 많은. 현명함보다 열정이 더 많은. 그를 대하는 그녀의 태도는 송아지들과 비슷하다고나 할까? 어젯밤 그들의 대화는 저녁 교대를 마친 뒤에 느끼는 그리고 무엇보다 당직 중에 사망자가 발생하지 않았을 때 가질 수 있는 편안하고 차분한 분위기 속에서 시작되었다. 어쩌면 다음 교대 사람들이 아니면 그 다음 교대 사람들이 안타까운 죽음을 맞닥트릴 수도 있겠지만. 그들은 임무를 잘 수행했고, 간호사카운터에 앉아서 커피를 마시며 심장에 대해 이야기를 나누었다.

"정말 놀라운 기관이죠."

그가 말했다.

"인간의 깊은 감정들을 표현해 낼 수 있으니까요."

"말도 안 돼요."

사스키아가 대꾸했다.

"그건 하나같이 어리석은 감상일 뿐이에요."

그때 갑자기 그루초 막스[1]의 말이 뇌리를 스치고, 그는 웃음을 터트린다. *난 죽는 한이 있어도 영원히 살려고 노력할 겁니다.* 웃음은 짜증을 썰물처럼 사라져 버리게 만든다. 그는 다시 기지개를 켠다. 자유롭고 긴 주말이 그를 기다리고 있다는 사실을 생각하며 자세를 고쳐본다. 나쁘지 않다. 붉은 갈색의 나무 바닥과 그가 직접 만든 자작나무 책장 위로 햇살이 내려앉는다.

지금으로부터 3년 전, 이혼한 후 그는 이 집으로 이사를 왔다. 이 건물의 1층에는 무뚝뚝한 노부부가 살고 있고, 2층과 3층은 그가 사용하고 있다. 침실은 3층에 있는데, 이곳에서 주변 집의 지붕들과 여기저기 흩어져 있는 정원들, 창고들 그리고 작은 샛길들이 내려다보인다. 햇빛은 양쪽에서 들어오지만 아무도 방 안을 들여다볼 수는 없다. 그래서 이 방은 마치 마을 상공에 떠 있는 것만 같다. 그러니까 이곳은 나무 위에 있는 그의 오두막집이고, 돛대 위 망대다. 이곳은 기분 좋은 해방감을 선사한다. 이곳에서 그는 자유롭고, 온갖 시선들로부터 자유로울 수 있으며, 사람들과의 관계가 가져오는 번잡함으로부터 탈출할 수 있다. 그의 시선은 책들이 빽빽하게 꽂혀 있는 책장으로 향한다. 거기에 있는 모든 책들은 그에게 익숙하다. 그가 잘 아는 책들이라 친숙하고, 그래서 하나하나 그에게 나름의 의미를 부여한다. 저기 저 책, 주황색 표지의 얇은 저 책은 정말 훌륭한 작품이다. 이혼했던 해에 그는 저 책을 읽었다. 리디아는 별 감흥이 없다고 했고, 어쩌면 그것이 결정적인 계기가 되었을지도…. 저 책의 훌륭한 진가를 모르는 사람은 더 이상 함께 할 가치가 없고, 따라서 내 삶에서 아웃.

그는 다시 자세를 바꾼다. 생각은 다른 곳으로 향했다가, 인생의 또 다른 순간으로 빠르게 옮겨가고 있다. 이 정보들은 서로 섞이고 굳어져 점차 하나의 실체가 된다. 이제 일어나야 한다. 마치 어린 아이처럼 폴짝폴짝 뛰어 놀고 있는 토요일에 미소 지으며, 그는 삶에 대한 열정을 안고 자리에서 일어난다.

* * *

헹크는 신중한 편이다. 스스로는 이러한 성격을 장점이라고 여기고, 따라서 민첩하거나 명쾌하게 또는 재치 있게 반응하지 못하는 자신의 성격 또한 인정한다. 하지만 그의 이러한 성격 탓에 어려움을 느낄 때도 있다. 어제 저녁 사스키아와 함께 했을 때처럼 말이다. 그녀가 말을 하고, 그는 듣고 있었다. 몇 번이나 그는 다른 생각을 말하거나 반대의견을 제시해보려 했지만, 그녀는 그의 말을 전혀 듣지 않는 것 같았다. 그녀의 고집스러움이 거슬렸다. 자신의 의견을 완고하게 밀어붙이는 사람들을 그는 좋아하지 않는다. 젊은 사람일 경우 더욱 거부감이 든다. 자신들의 사고가 제한적이라는 것을 깨닫게 될 때, 비로소 이들의 인생은 멋있어질 텐데 말이다.

그래, 그녀가 너무 고집스러웠다고 치자. 그렇다고 해서 그녀의 말이 모두 틀렸을까? 만약 적절한 말로 대꾸할 수 있었다면,

그는 무슨 말을 했을까? 어쩌면 이렇게 말했을지도 모른다.

"사스키아, 물론 심장은 펌프질을 하죠. 하지만 우리 인체의 거의 모든 장기들이 그러하듯 심장도 그 이상의 능력을 가지고 있어요. 우리가 느끼고 생각하는 것들은 우리 육체를 빗대어 표현됩니다. 예를 들어, 누군가의 콧대를 꺾어 놓는다고 하거나, 간에 붙었다 쓸개에 붙었다고 표현하거나, 누군가에게 등을 돌린다고 하고, 손이 근질근질 하다고도 하지요. 또 우리가 사랑에 빠지게 되면, 가슴이 얼마나 터질 것 같은지도 느낄 수 있죠. 바로 그럴 때 심장의 피가 흘러넘치는 겁니다. 하고 싶은 말들이 목구멍까지 차게 되죠. 바로 이것이 내가 말하고 싶은 거예요. 내가 정말 묻고 싶은 건, 도대체 뭐가 당신의 마음에 들지 않는 거죠? 우리의 육체가 은유의 도구로 오용된다고 생각하는 건가요? 당신이 말하는 '어리석은 감상'이란 도대체 무슨 뜻인가요? 솔직히 말해서 나는 당신이 이해하지 못한다고 생각해요. 당신은 전혀 모르고 있어요. 당신의 그 고집스러움과 쉬지 않고 내뱉는 반복되는 말들 그리고 내가 가진 다른 관점을 무시하는 그런 태도가 당신의 신념을 나타낸다고는 생각지 않아요. 오히려 경솔한 치기이죠. 당신이 내뱉는 말들은 단순히 우리 일의 스트레스를 푸는 것 그 이상도 이하도…."

"나는 스물여덟 살이에요. 그렇게 어리지 않아요."

"사스키아, 어리다는 건 나이만을 말하는 게 아니에요. 자기 자신을 잘 되돌아볼 줄 모르는 당신이 내 눈에는 마냥 어리게 보이네요. 당신은 감정들을 제대로 이해하지도 못한 채, 머릿속에 가장 먼저 떠오르는 의미만을 붙잡고는, 그냥 배출해 버리는 거예요. 그렇게 감정들에서 벗어나는 거죠. 하지만 그 말을 듣고 보니…."

"네, 말씀해 보시죠!"

"그 말을 듣고 보니, 사스키아, 당신이 흥미로운 점을 지적했다고 생각되는군요. 심장이 뛰고, 우리 몸속에 피는 돌죠, 그래요, 우리는 *물질*이에요. 좀 더 정확히 말하자면, 우리는 생물학적으로 작동하고 있는 물질이라고 할 수 있죠. 내 눈에는 이것이 사실적인 정의인데 많은 사람들은 이런 생각에 반대하죠. 단지 물질에 지나지 않는다고? 어떻게 그런 주장을 할 수 있나? 너무 차갑고 무미건조하다! 하지만 이렇게 반대하는 데는 우리가 단순한 물질 그 '이상'이라는 생각이 있기 때문이죠. 우리에게 영혼, 정신, 내면의 영성 또는 우리를 *'단순한 질료'* 그 이상으로 승격시켜 줄 숭고하고 특별한 무엇인가가 존재한다고 생각하는 거죠. 우리가 만물의 영장이라거나 논리적이며 아름다운 진화의 종착점이라는 것은 수세기 동안 되풀이되어 온 감상적인 생각일 뿐이죠. 이제 우리는 잘 알고 있어요. 그 어떤 것도 우리 존재를 계획하거나, 원하거나, 만들어내지 않았다는 것을 말이죠. 우리가 이 세상에 없어서는 안 될 꼭 필요한 존재는 아니란 걸 말이죠. 많은 사람들과 다르게, 나는 이런 생각들이 멋지고 자유로운 통찰이라고 생각해요. 원하는 건 무엇이든 할 수 있고, 구원받기 위해 노력하거나, 자신의 숙명에 얽매이지 않아도 되니, 실제로 우리는 자유로운 존재이죠. 그러니까 사스키아, 당신 말이 맞군요. 우리는 물질이네요."

"그렇다니까요!"

"당신이 한 말에 나도 동의해요. 보르헤스가 책에서 썼듯이, 우리는 *물질과 시간*으로 만들어졌죠. 보르헤스가 누구인지 아세요? 물론 모르겠죠. 물질과 시간. 태어나기 전 나는 이미 수백만 년 동안 존재해왔던 물질이었고, 내 큰 행운을 빌어 1961년 이러한 형태를 갖게 되었죠. 그리고 내가 죽으면 이 형태는 없어지겠죠. 슬픈 예견이긴 해요. 비록 분명한 단점들이 있긴 하지만, 나는 이 형태에 잘 적응해 있어요. 하지만 누가 알겠어요? 나의 이름을 가진 이 물질이 다시 조합되고 또 다른 형태로 만들어질지. 예를 들어, 고양이, 구름, 소설, 아니면 키스와 같은 것들이 될지도 모르죠. 너무 단순한가요? 차갑고 냉정한가요? 나는 반대로 여기에 *'장엄함'*이 있다고 생각해요. 장엄함, 위대하고도 매혹적인 이야기…."

아니, 헹크는 적절한 대답을 찾지 못했었다. 그는 신중한 사람이고, 무슨 말을 하기 전에 먼저 골똘히 생각하는 편이다. 그리고 때때로 이러한 행동에 대한 대가를 치르기도 한다. 어제 저녁 차를 몰고 집으로 향하던 길에 그는 다시 사스키아와의 대화를 이어갔다. 하지만 그곳에 사스키아는 없었다. 곁에는 아무도 없었고, 그는 열정적으로 대답했지만, 혼자 내뱉는 말들은 도리어 강한 외로움만 줄 뿐이었다. 그는 고속도로를 달리다 교차로에서 출구로 빠졌고, 운하를 따라 달리다가 마을로 들어섰다. 시청 건물은 여름 밤하늘에 거대한 모습으로 우뚝 솟아 있었다. 그는 자갈길을 따라 직진했고, 거기서 오른쪽으로 꺾어 운하 위를 달렸다.

그러니까, 간단하게 말하자면, 그는 혼자였다.

* * *

빌런이 이상하다. 항상 그랬던 것처럼 그의 뒤를 따라오고는 있지만, 왠지 내키지 않는 눈치다. 이따금씩 숨을 헐떡이며 입 가장자리로 혀를 축 늘어뜨린다. 가만히 서서 마치 원망이라도 하는 듯한 눈길을 보내기도 한다.

"자, 어서 가자!"

그는 쾌활한 목소리를 내보려고 하지만, 들리는 건 자신의 조급한 마음이다. 빌런은 분명히 정상이 아니다. 그가 알던 동물이 아니다. 그 개의 모습이 그에게는 낯설게 느껴진다. 아니, 그게 아니라 오히려 빌런에게 그가 낯선 존재가 된 것 같은 느낌이다. 그의 부름에 늘 반응하고 그를 쳐다보던 이 동물의 자연스러움이, 또 그가 어디에 있는지, 무엇을 원하는지 항상 이해하는 것 같았던 그 당연함이, 지금은 사라져 버렸다. 서로가 서로를 낯설게 느낀다는 건, 실제로 어떤 일이 일어나고 있다는 걸 말해준다-빌런은 아프다. 노쇠한 것도, 피곤한 것도 아니다. 더위 때문에 답답해하는 것도 아니다. 음식을 잘 못 먹어서도 아니다. 빌런은 지금 아프다.

병이란 건 이런 거다. 우리의 정상적인 관계를 망가뜨리고,

이로 인해 서로를 낯선 존재들로 만들어 버린다. 우리가 누구이고 또 무엇인지에 대한 정체성의 당위를 파괴시킨다. 서로의 친밀감은 훼손된다. 이렇게 둘은 나락의 양 끝자락에서 서로를 바라보게 된다. 가슴 속에 먹먹한 두려움을 움켜쥔 헹크 그리고 빌런의 마음에는…, 글쎄, 그러니까 그 속에 뭐가 들어 있는지 헹크로서는 알 수가 없다.

그래도 포기할 수는 없다. 이 개를 낙담한 상태로 내버려둘 수는 없다. 녀석이 익숙한 세계로 되돌아갈 수 있도록 이끌어주어야 한다. 이 개가 그를 알아볼 수 있도록 그는 본연의 역할을 계속해내야 한다. 그는 주인이다. 풀어진 목줄을 흔들며 씩씩한 발걸음으로 다가가 이렇게 명령하는 사람이다.

"자, 가자!"

그는 출발한다. 베흐트강을 따라 걸으며 발걸음을 재촉한다. 빌런이 뛰는 걸 좋아한다는 사실을 그는 알고 있다. 달리기는 흥분되는 일이다. 달린다는 것은 나쁜 놈을 잡거나, 공을 찾는다거나, 먹잇감을 잡는다는 걸 의미한다. 그래서 이 개는 그의 뒤를 쫓아 뛰고, 짖고, 흥분하며, 생명력을 뿜어내는 것을 좋아한다.

겨우 몇 미터를 달렸을 뿐이었지만, 헹크는 깨닫는다. 본격적으로 달리기에는 너무도 더운 날씨라는 걸. 하지만 여기서 멈춰 설 수는 없다. 빌런을 유인해야 하기 때문이다. 그는 묵묵히 빠른 걸음을 옮긴다. 그는 운동복 반바지에 오래되고 빛바랜 티셔츠 차림이다. '직원조합 가입신청 환영'이라는 문구가 새겨진 이 티셔츠는 예전에 직원조합 추첨행사에서 경품으로 받은 것이다. 산 지 일 년도 훨씬 더 지났지만 여전히 새 신발 같은 그의 운동화는 그가 얼마나 운동 부족이었는지를 잘 보여준다. 꾸준히 증가하는 몸무게를 볼 때면, 규칙적으로 조깅을 하겠노라 경건한 다짐을 하곤 한다(어쨌든 적게 먹고, 군것질에는 손도 대지 않으며, 술은 절대로 마시지 않고, 어떤 경우에도 커피에 설탕은 넣지 않겠다고 마음먹는다). 하지만 서너 번 시도에 그칠 뿐, 이내 포기하고 만다. 인생에 즐길 거리가 좀 있어야지. 우리네 인생은 정말 짧다고 그는 스스로를 변호해본다. 그러면 프레이크는 훈계하듯 이렇게 말한다. 만약 조깅을 안 한다면, 그 인생이 더 짧아질 거라고.

그는 달린다. 땀이 흘러내린다. 그는 아스팔트 위를 달리는 가벼운 개 발자국 소리와 개 짖는 소리를 기다려본다. 하지만 그 어떤 기척도 들리지 않는다. 그는 뒤돌아본다. 빌런은 따라오지 않는다. 녀석은 갓길 풀밭 위로 가 몸을 누인다. 헹크는 걸음을 멈추고 되돌아가서 빌런 옆에 무릎을 꿇고 앉는다. 그를 바라보는 빌런의 눈에선 그 어떤 의지도 발견할 수 없다. 이 개가 무슨 생각을 하고 있는지 그는 알 수가 없다. 그는 즐겨하던 대로, 빌런의 머리를 쓰다듬고, 비단결처럼 부드러운 귀를 엄지와 검지로 쓸어내린다.

"빌런…, 이 녀석아."

"개가 갈증이 나나 봐요."

여자의 목소리에 헹크는 깜짝 놀란다. 그는 뒤돌아보며 깨닫는다. 빌런에게 완전히 몰입해 있는 동안, 주변을 거의 살펴보지 못했다는 사실을. 그 여자는 허리 높이의 장식철문 앞에 서 있다. 이 문은 보트하우스 소유지로 들어가는 문이고, 그 안에는 돌로 된 타일이 깔려 있는 어수선한 마당이 있다. 그 마당엔 낡고 오래되어 회색으로 빛바랜, 철거된 나무판자 더미가 쌓여 있다. 냄비들과 깡통들, 프라이팬들이 뒹구는 그 마당에는 활짝 핀 꽃들부터 완전히 말라빠진 풀들까지, 생명력의 다양한 단계를 선보이는 식물들이 심어져 있다. 거의 해체된 오토바이 한 대가 대문으로 향하는 길을 가로막고 있고, 그 주변에는 부품들과 장비들이 널브러져 있다. 이 여자 역시 약간 헝클어진 인상을 준다. 젊었을 때에는 미인이었을 인물이지만, 그건 어쨌든 지나가버린 이야기다. 세월은 남자보다 여자들에게 더욱 가혹하다. 아니, 헹크는 다시 고쳐 말한다. 세월이 아니라, 바로 남자들이 자기 자신들보다 여자들에게 더욱 가혹한 것이다. 스스로 페미니스트라고 여기는 헹크는 이렇게 수정하는 자기 자신이 뿌듯하다. 하지만 여자에 관계된 그 어떤 생각도 그에게는 불확실한 마음이 들게 하고, 이건 결국 불편한 결과를 초래한다. 그는, 결국 남자다. 바로 지금도 그런 불편한 생각이 들고 있다. 옳지 못한 방법으로 여자들을 대하는 남자들의 행동들이 갑자기 물밀듯이 밀려와 그의 머리를 마비시켜 버리고, 그래서 그는 아무 반응도 하지 못한 채 가만히 있다. 하지만 그건 중요하지 않은 것 같다. 그 여자가 주의 깊게 보고 있던 건 그가 아니라 개였으니까.

"아이고 가엾어라."

여자가 말한다.

빌런은 앞다리를 쭉 뻗고, 뒷다리를 몸 아래로 접은 채, 등보다 엉덩이가 불쑥 솟은 자세로 누워 있다. 숨을 헐떡인다. 녀석의 혀는 마치 오래되고 말라빠진 행주마냥 창백해 보인다. 여자는 사라졌다가 잠시 후 물이 담긴 그릇을 들고 다시 돌아온다. 그녀는 철문을 열고, 길을 건너와서 개 앞에 물그릇을 놓는다.

빌런은 별 관심을 보이지 않는다. 그리고 헹크를 쳐다본다. 헹크는 물그릇을 좀 더 가까이 옮겨 준다.

"자, 여기 있어."

그러자 약간 의무적으로 한두 번 혀를 대더니, 이내 조금 더 힘 있게 물을 핥는다. 급기야 일어서기까지 한다. 한순간에 녀석의 꼬리는 칠월의 무더위를 힘차게 쓸어내 버린다.

"잘했어, 잘했어."

그 여자도 개 옆에 무릎을 꿇고 앉는다. 그렇게 헹크는 모르는 여자와 함께 베흐트 강가에 나란히 앉아 있게 되었다. 이 상황이 그로서는 불편하다. 무엇보다 그의 기준에서 볼 때, 서로의 거리가 너무 가깝다. 그녀의 온기가 느껴지고, 그녀의 체취를 맡을 수도 있다. 이런 상황은 그를 긴장시킨다. 그는 일어서고 싶은 충동을 느낀다. 하지만 그렇게 하지 않는다. 자칫 냉정한 사람으로 생각될 수 있기 때문이다. 먼저 무엇이든 얘기를 나누어야 한다. 그는 물을 핥고 있는 개의 머리를 쓰다듬는다.

"우리 개에게 필요했던 게 이거였나 봅니다. 고맙습니다."

"정말 푹푹 찌는 날씨이기도 해요."

"1897년 이후 가장 더운 칠월이라고 들었어요."

"네, 기후가 그렇게 변하네요."

자, 이 정도면 됐다. 그는 이제 일어서도 된다. 빌런은 계속 물그릇을 핥고 있다. 헹크는 생각해본다. 정말 이렇게 단순한 문제였을까? 정말 목이 말라 그랬던 걸까? 그렇게 믿고 싶다. 하지만 지난 행동에 대한 불안감을 완전히 억누를 수가 없다. 그는 심호흡을 해본다. 베흐트 강물에서 살짝 부패한 냄새가 올라오지만, 그렇게 불쾌하지는 않다. 오늘 하루 도시의 모든 것을 마비시켜버릴 무더위 속에서 저 멀리 보이는 도로 위로 뜨거운 열기의 아지랑이가 피어오르고 있다. 어쩌면 이렇게 하는 편이 현명할지도…

아니 잠깐. 그는 여자가 *매력적*이라고 느낀다. 그가 바로 일어서지 않고 주춤했던 이유는, 그녀가 너무 가까이 있어서가 아니라 그녀가 *그를 흥분시켰기 때문이다.* 그는 깜짝 놀랐다. 여자로 인해 뜨거워졌던 건 기억도 안 날 만큼 오래전의 일이다. 그래서 그의 몸이 불끈 달아올랐을 때 곧바로 알아채지 못했다. 아랫도리에서 느껴지는 꿈틀거림. 그의 남성성은 이제 자신의 존재를 알리며 안달내고 있다. 마치 밥 때가 되었을 때 빌런이 그러는 것처럼 말이다. 그는 그녀의 정수리를 내려다본다. 짙은 회색 머리카락이 은빛 머리카락 속에서 도드라져 보인다. 그녀의 파란색 원피스는 목 부분에 주름이 잡혀 있고 뒤쪽은 오픈

되어 있어 그녀의 등을 훤히 드러내고 있다. 그녀가 브래지어를 착용하지 않았다는 것을 알게 되자, 그의 남성성은 한층 조급해지고 가속화되어 긴급한 상황으로 발전한다. 긴급함…. 그러니까, 그녀를 잔디밭에 눕히고, 옷을 벗기고 그리고….

물론, 그럴 수는 없다. 깜짝 놀란 그는 한 걸음 뒷걸음질치면서 차도로 발을 내딛는다. 그 순간 자전거를 탄 사람이 그의 옆을 스치듯 지나간다. 그는 스쳐가는 뜨거운 바람을 느끼고, 마사지오일 같은 달콤한 향기를 맡고, 아스팔트 위 자전거 바퀴 소리를 듣는다. 충돌 직전의 순간, 자전거 탄 사람은 균형을 잃었다. 그 남자는—반사적으로 핸들을 90도 꺾은 그 사람이 남자라는 걸 헹크는 알 수 있었다—도로 중앙을 향해 급격하게 방향을 바꾸고는 균형을 잃고 흔들거린다. 그렇지만 놀랍게도 다시 균형을 잡고 계속 달려 나간다. 하지만 그 남자는 화가 났다. 자전거를 멈추더니, 선 채로 몸을 돌리고는 헹크를 향해 오른쪽 가운데 손가락을 세워 보인다. 헹크는 당황스러웠다. 고의로 그런 것이 아니고, 악의도 없었으며, 기껏해야 다소 조심성이 부족했던 것 아니었나. 게다가 그 남자는 다치지도 않았다. 그런데 대체 왜 이러는 거지? 왜 저런 몰상식한 반응을 보이는 거야? 바보자식 같으니라고. 그래! 그도 질 수 없다. 손을 들어 남자를 향해 가운데 손가락을 치켜든다. 테스토스테론에 의해 유도된 전형적인 남성적 반응이다.

* * *

집은 이상할 정도로 조용하고 쓸쓸하다. 환한 바깥의 빛을 등지고 들어온 집안은 어두침침하다. 헹크는 마치 침입자가 되기라도 한 듯 이 집이 낯설다. 어쩌면 그런 이유로 평소와는 다른 태도로 행동하는 걸지도 모른다. 그는 냉장고 문을 단숨에 확 연다. 버터밀크 종이팩을 힘차게 잡아당겼는데, 그 바람에 종이팩의 입구가 찢어지고 만다. 그는 조리대 위에 빈 잔을 쾅 소리 나게 내려놓는다. 단숨에 우유 한 컵을 들이키고는 숨을 헐떡이고 있는 동안 갑자기 불쾌한 기억이 그를 엄습해 온다. 그런 생각들은 결코 그가 원하는 바가 아니지만, 만약 피할 수 없다면 가능한 빨리 그 기억이 스쳐가도록 만드는 게 최선일 것이다.

오 년쯤 전이었을까. 그때도 오늘처럼 더운 날씨였고, 그는 막 집에 도착했었다. 그땐 지금의 이 집이 아닌 암스테르담에 있는 집이었다. 그가 집에 온 건 평소와는 다른 시간대였다. 출

근을 했다가 감기 기운이 있어서 다시 집으로 돌아왔던 것이다. 리버사이드에 있던 그 집은 지금 이곳처럼 조용하고 쓸쓸했다. 하지만 잠시 후 그는 이 집에 자기 혼자만 있는 게 아니라는 걸 깨달았다. 위층에서 헐떡이는 숨소리와 신음소리가 들려왔다. 리디아가 어떤 남자와 섹스를 하고 있다는 건 목소리만으로도 알 수 있었다. 하지만 상대 남자가 누군지는 알 수 없었다. 이층으로 올라가면서 헹크는 생각했다. 도대체 누구일까.

그는 이웃집 남자였다. 아리라는 이름의. 시청에서 일하는 그는 작고 땅딸막한. 헹크가 보기에 그는 잘난 체하는 놈이었다. 지나치게 털이 많은 등과 허벅지와는 대조적으로, 그 남자의 엉덩이는 눈에 띄게 하얗고 이상할 정도로 털이 없었다. 근육이 많이 보이진 않았다. 왜냐하면 그들은 어설프게 펌프질—이게 적확한 표현인지는 모르겠지만—을 하고 있었다. 그런데도 리디아는 필요한 온갖 소리를 만들어내고 있었다. 그녀는 신음하고 앓는 소리를 내며, 두 다리를 가능한 높이 치켜들고 있었다. 그녀의 골반은 그 하얀 엉덩이 밑에서 뒤틀리고 비틀거렸다. 당황한 헹크는 그들을 그냥 놔두기로 하고, 일이 끝날 때까지 아래층 식탁 테이블에 앉아 기다렸다. 그 기억을 그나마 견딜 수 있게 하는 건 그때 옷가지를 여미며 아래층으로 내려오던 아리가 식탁 테이블에 앉아 있던 헹크를 발견했을 때 그의 얼굴에 스쳐 간 표정들 때문이다. 그의 표정은 쉽게 타협할 수 없는 여러 종류의 감정들 속에 갇혀버린 듯했다. 아리와 같은 남자들이 바람피우며 성관계 했을 때 느끼는 성취감, 발각되었다는 불쾌한 당혹감, 이 사태가 가져올 많은 후폭풍에 대한 계산(헹크와의 싸움, 아내와의 불화), 이런 상황에 대한 짜증과 초조함 그리고 설명할 수 없는 온갖 감정 등 말이다.

이 결정적인 순간의 표정을 정확히 묘사하기란 아직도 헹크에게 어려운 일인 것만 같다. '혼란스러워했다'는 표현은 일말의 수치심이 결여된 듯하고, '힘들어했다', '말문이 막혔다', 어쩌면 '엉큼했다'가 맞을지도. 어쨌든 잠시 후 리디아가 따라 내려왔고, 그녀의 표정은 읽어내기가 훨씬 쉬웠다. 그녀는 화가 나 있었다.

"당신 여기서 뭐 하는 거예요?"

"컨디션이 안 좋아서. 감기."

"훤한 대낮에?"

"응."

"미리 전화라도 할 순 없었어요?"

완전히 정확하지는 않지만, 그녀 반응의 기본적인 뉘앙스는 이런 식이었다. 그녀가 이렇게 끔찍한 상황에 처해 있는 건 헹크가 잘못한 탓이었다. 하지만 그 순간에도 두 사람의 결혼이 완전히 끝난 것은 아닌 듯했다. 불륜을 저지른 건 저지른 것이고, 어리석고 못난 짓이지만 충분히 이해할 수 있었다. 우리는 그저 물질에 지나지 않고, 여러 가지를 고려해보았을 때 그것이 결혼을 끝내야 하는 이유가 되지는 않았다. 헹크 자신도 한결같이 신의를 지켰던 건 아니었다. 그는 이 사실을 리디아가 알고 있지만, 그와 같이 생각하고 남몰래 용서했을 거라고 추측하고 있었다. 그리고 이젠 그의 차례가 돌아왔고, 그는, 그렇게 용서했다. 이제 와서 되돌아 생각해 보면, 아리와 그녀를 맞닥뜨린 그 순간이 분명한 전환점이 되었던 것 같다. 그는 결코 그녀를 용서하지 않았다. 그는 지금도 여전히 화가 나 있다. 그러니까 솔직히 그는 유치하게 행동했던 것이다. 용서를 베푸는 마음 넓은 남자라도 된 것 같은 생각에 사로잡혀 있었고 그리고 그 착각은….

여기서 그는 생각을 그만두기로 한다. 모든 것이 잘 된 거라고 단호하게 생각한다. 그 단호함이 너무 강해 심지어 큰 소리로 내뱉어 버린다.

"다 잘된 일이야. 자 이제 샤워하러 간다."

욕실로 가는 길에 그는 빌런 옆에 무릎을 꿇고 앉는다. 개는 바구니 안에 누워 있다. 아주 얌전하게. 약간 힘이 없어 보이긴 하지만, 심각한 정도는 아니다. 개는 그를 쳐다본다. 연못같이 깊은 빌런의 검은 눈동자는 그가 알고 있는 눈동자다. 우스꽝스럽게 한쪽 눈썹을 치켜드는 모습과 그의 손 냄새를 맡고는 이내 바구니 가장자리에 머리를 얹으며 내뱉는 한숨도. 빌런이 그를 알아볼 수 있다는 사실이 그의 마음을 안심시켜준다. 아침에 느꼈던 그 낯설음에 대한 보상이 된다.

샤워를 마치고 로사에게 전화를 건다. 통화연결음이 들리는 동안 부엌의 시계를 보니 여덟 시가 채 되지 않았다. 로사에게는 너무 이른 시간이었지만, 누군가 전화를 받는다. 프레이크다.

"이렇게 이른 시간에? 누가 죽기라도 했어?"

헹크가 프레이크에게 전화로 부고를 알릴만한 사람도 이제 더 이상 없다. 그런 용무로 프레이크에게 마지막으로 전화한 건 십팔 년 전 큰형 얀이 죽었을 때였다.

"로사 전화를 왜 네가 받아?"

"휴대폰이 테이블 위에 있었어. 그런데 이게 왜 여기 있지…? 형이라고 떠서 받았어. 그런데 로사 전화기에 형이 뭐라고 저장된 줄 알아? '싸이코 헹크삼촌'."

"내 전화기에 로사는 '사차원 로사'야. 우리 둘 사이 애칭 같은 거야."

이 마지막 문장은 잠깐 머뭇거리다 내뱉었다. 프레이크 마음을 불편하게 만들려고 모험을 감수했다고 할까. 프레이크는 자신을 생각이 열려 있고, 이해심이 풍부한 젊은 아빠라고 생각한다. 아이들이 아버지에게 숨기는 것 없이 전부 얘기하는, 우리는 멋진 부녀관계라고 말이다. 그런데 지금 갑자기 아이들이 그에게 말하지 않는 게 있다는 걸 알게 된 거다. 헹크는 프레이크의 반응을 기다리지 않는다.

"네 멋진 딸의 생일을 축하해."

"고마워."

"벌써 열일곱이라니…."

"열일곱."

프레이크의 목소리에 힘이 없다. 뭐가 문제지? 보통은 그가 대화를 주도하는 편이다. 그는 그런 것에 익숙해져 있다. 그는 기계공장의 사장이고, 온종일 회의에 참석해 이야기하는 사람이다. 이건 이렇게 하고, 그건 그렇게 진행하세요. 프레이크 자신이 지시하고 설명한다.

"로사 휴대폰에 있는 그 사진 말이야…."

그는 힘이 없는 게 아니라, 머뭇거리고 있었던 거다.

"그거 얀의 장례식 때 찍은 거 아니야?"

헹크는 알지 못하지만, 프레이크가 얀의 죽음을 언급하고 있다는 사실이 그를 뭉클하게 한다. 얀의 죽음은 그와 프레이크를 끈끈하게 해주는 몇 안 되는 연결고리 중 하나이다. 장례식이 끝난 뒤 몇 주, 아니 몇 달 동안 이들은 정기적으로 만났다. 장소는 항상 집 밖이었고, 카페 아니면 레스토랑에서였다. 왜냐하면 다른 사람들이 함께하는 게 싫었기 때문이다-얀의 죽음은 전적으로 이들 두 사람의 일이었으니까. 유족인 두 형제.

대부분은 이런저런 사소한 것들에 관한 얘기를 나누었다. 만약 얀에 대한 이야기가 나왔다면 그건 무심결에 스쳐지나가는 얘기 속에서다.

"기억나? 옛날에 얀 형이…, 그거 알아?"

점차 이들은 지금처럼 연락이 뜸해졌고, 따라서 둘의 관계도 그렇게 변했다. 비록 자신감 넘치고 똑똑한 척하는 오만한 프레이크이지만, 한 번씩 지금과 같은 순간들을 맞게 되면, 헹크는 형이 죽은 뒤에 느꼈던 동생에 대한 따뜻한 감정들을 다시금 느끼게 된다. 헹크는 프레이크가 어떤 모습으로 그 사진을 보고 있을지 잘 안다. 보통 때의 그 날카로운 눈초리가 아닌, 입 주변에 긴장감이 드리워진 그런 표정이 아닌, 마음에 울림이 있는, 더 부드럽고 더 인간적인 모습일 거다. 그는 뭔가 친절하게 해줄 말을 찾고 있었지만, 프레이크가 먼저 말문을 뗀다.

"형은 몇 년 동안 체중이 꽤 많이 늘었어."

헹크는 눈을 감고 한 손으로 자신의 두개골을 문지른다. 그는 이 행동을 자주 하고 또 좋아한다. 그는 둥글고 균형이 잘 잡힌 그의 두개골을 좋아한다. 그건 심지어 겨울에도 항상 따뜻한데, 이건 뇌가 잘 활동하고 있는 증거라고 즐겁게 농담을 하기도 한다. 게다가 이 제스처는 조그만 차이로도 많은 것을 표현할 수 있는 것이기도 하다-놀라움, 부끄러움, 흐뭇함. 그리고 지금 같은 경우에는 짜증이다. 손가락을 굽혀, 두개골의 뒤쪽에서 앞쪽으로, 문지르는 속도가 빨라지는 모습이 이것을 증명해준다.

프레이크가 말을 잇는다.

"어쨌든, 요즘 어떻게 지내?"

이렇게 그들의 전화 통화는 익숙한 패턴을 밟게 된다. 몇 분 동안 일상적인 것들에 대해 이야기를 나눈다. 더운 날씨, 헹크의 새로운 (중고)자동차, 다가오는 프레이크의 휴가(프로방스의 멋진 별장). 프레이크는 빌런의 안부를 묻고, 헹크는 그 개가 나이 들어가는 중이라고 대답한다.

"그 녀석 나이를 보면 그럴 만도 하지. 몇 살이더라?"

프레이크가 묻는다.

"거의 열네 살."

"그러니까 말이야. 직장은 어때? 최근에 사람들이 많이 죽어 나갔어?"

직장. 결코 '형의 일'이라고 말하지 않는다. 그리고 항상 똑같은 농담을 한다. 농담이긴 하지만, 아마도 프레이크 마음 깊숙이 죽음에 대한 두려움이 있지 않나 헹크는 의심해 본다. 그의 거들먹거리는 목소리톤은 오히려 그런 두려움을 숨기기 위함이다. 어제저녁 상상 속에서 사스키아에게 말했던 그런 인간들의 훌륭한 예가 바로 프레이크이다. 우리 인간은 *단지 물질에 지나지 않고,* 결국 남는 것은 아무것도 없다는 생각만으로도 힘들어하는 그런 사람. 일단 프레이크가 죽음을 화두로 꺼냈으니, 어떤 방식으로 괴롭힐지는 헹크의 선택이 된다. 먼저 몇 가지 통계를 가져와 발병률이나 유병률에 관해 이야기해 줄 수 있을 거다. 또 중환자실에서 있었던 사건에 관해 이야기를 들려주며, 이렇게 말할 수도 있다.

"뭐, 죽으면 모두 없어지는 거지. 아주 단순하잖아."

프레이크는 이 말에 긴장할 것이고—그는 경험을 통해 이미 알고 있다—즉시 이렇게 말할 거다.

"그 누구도 사후세계에 대해서 확신할 수는 없어. 그건 아무도 모르는 *거야*."

"아니."

헹크는 이렇게 답할 것이다.

"죽음에 대해 아무도 모르는 건, 우리가 알 수 있는 게 아무것도 남지 않기 때문이거든!"

하지만 몇 초가 지나자 그는 동생을 괴롭히려는 생각을 버리게 된다. 그의 체중에 대한 언급에도 불구하고 아직 헹크에게는 동생에 대한 애틋한 감정이 남아 있다. 그래서 그냥 일반적인 대답을 선택한다-동생은 전형적인 농담을 했고, 이제 전형적인 답을 제시하는 건 그의 몫이다.

"일주일에 2.3명."

"음, 나쁘지 않네!"

프레이크는 쾌활하게 대답한다. 이 쾌활함은 이들이 행하는 작은 의식儀式의 일부일 뿐 아니라, 결과이기도 하다. 심지어 그는 잠깐 웃어 보이기도 한다-즉시 사라져 버리는 짧고 무미건조한 웃음소리. 그런 다음 그는 사업에 관해 이야기를 시작한다. 그래, 사업. 그는 결코 공장이 어떻다, 내 일이 어떻다, 심지어 그 일이 어떻다고 얘기하지 않는다. 항상 사업이다. 사업은 개인적인 관심 영역을 초월한다. 사업은 단순한 일 그 이상인 것이다. 예전에 프레이크가 시내 서쪽에 있는 무미건조한 건물 내부를 구경시켜 준 적이 있다. 큰 홀에서는 시끄러운 소리를 내며 쿵쿵 누르는 기계들이 작동하고 있었고, 사람들은 회사 로고가 찍힌 베이지색 작업복을 입고 차분하게 일하고 있었다. 헹크는 사업에 생긴 변화들(신규 자동압착기, 중국 출장)에 대한 프레이크의 이야기를 한 귀로 흘려듣고 있다. 그때 갑자기 프레이크가 화제를 바꾼다.

"형, 좋은 생각이 있어. 우리 오늘 저녁에 바비큐를 할 거야. 로사를 위해서. 그냥 단출하게. 친구들 몇 명이랑 이웃이랑 학교 동창들. 그리고 형도 와서 축하해주는 거지. 5시쯤 어때?"

스타카토는 불확실성의 신호다. 헹크는 프레이크가 형제애의 불타는 열정 혹은 친절히 대하고자 하는 마음에 이끌려가도록 놔두었지만, 스타카토가 증명해 보이듯, 곧 후회하고 있다는 것을 알 수 있었다. 그리고 그는 이유를 알고 있다. 프레이크는 헹크가 사람들과의 모임에 어울리지 못할까 봐 두려워하고 있다. 그리고 그 점에 있어서 프레이크는 정확하게 본 것이다. 그는 미운 오리 새끼가 될 가능성이 크다. 동생 부부와 어떤 계기로 친한 사이가 되었는지는 모르겠지만, 은퇴한 조종사와 그의 세 번째 아내가 기억나고, 동생 부부의 몇몇 동료들과 도예가가 어렴풋이 뇌리에 떠오른다. 그는 초대를 받아들이고 싶지 않다. 거절해도 괜찮을 거다. 이미 프레이크는 자신의 초대를 후회하고 있고, 헹크가 그것을 거절할 수 있는 충분한 여지를 제공할 것이다.

"오늘 저녁? 오늘은 다른 계획이 있는데…."

"그런데 어떡하지? 이렇게 더 좋은 계획이 생겨버렸는걸?"

"어, 사실은 빌런을 혼자 두고 싶지 않아서."

"아이, 형. 그냥 와. 위독한 것도 아니잖아? 로사를 위해 그렇게 해줘. 로사가 형을 많이 좋아하잖아. 그건 알고 있지?"

헹크는 다시 두개골을 쓰다듬는다. 그가 원하지 않는 걸 프레이크가 계속 권하고 있고, 또 그의 변명을 이해해 줄 거라고 기대했지만 프레이크는 그를 도와주지 않고 있다. 형이 허우적대고 있는 모습을 그냥 지켜볼 수 없기에, 프레이크는 이렇게 집요하게 묻고 있는 것이다.

"선물도 준비 못 했어…."

"뭐야, 아직 토요일이 온종일 남아 있어. 전화 끊게 그냥 알았다고 해."

그는 알겠다고 대답한다. 그들은 전화를 끊는다. 수화기 양쪽에서 두 형제는 몇 초 동안 움직이지 않고, 가만히 생각에 잠겨 있다. 방금 무슨 일이 일어났는지, 무슨 말을 했고 그게 또 무슨 의미인지 되짚어본다. 그들의 대화에는 항상 틈이 생기곤 했었다. 오해와 낯섦이 만들어 낸 깊은 골. 그 근원이 무엇인지 기억나지도 않고, 알 수도 없는 그저 반복되는 생각들. 그리고 수년에 걸쳐 커져만 갔던, 그래서 이젠 화석처럼 굳어버린 서로에 대한 불신이 그 깊은 골을 만든 것이다. 둘은 거의 미동도 하지 않는다. 몇 초간의 부동의 침묵 속에서 짜증이나 거부감 혹은 증오가 아니라, 슬픔, 후회, 어쩌면 자책의 감정이 어렴풋이 밀려오기 때문이다. 그들은 왜 이 지경이 되도록 내버려둔 걸까? 불가피한 결과였을까? 어쨌든 헹크에게 떠오르는 건 그러한 슬픔, 후회, 희미한 죄책감이었다. 헹크는 그렇게 한동안을 움직이지 않고 생각에 빠져 있다. 그리고 몇 분 후 천천히 그리고 조심스럽게 움직이기 시작한다. 첫걸음을 내딛는 재활환자처럼.

* * *

9시가 지나자 도시 전체가 태양의 열기 속에 마비되어 버린다. 햇빛은 반짝이며 빛을 발한다. 거리에 사람들은 거의 보이지 않는다. 헹크는 어쩌면 대규모 재난 사태가 방금 발생했고, 아직 여기까지 영향을 미치진 않았지만 언제든 이곳에도 일어날 수 있다고 상상해 본다. 예를 들어, 핵폭발의 충격파가 언제든 이 도시를 휩쓸고 갈 수 있다. 집들은 증발해 버릴 것이다. 그도 증발해 버릴 것이다. 바구니에 몸을 맡기고 잠을 자고 있는 빌런도. 그는 그늘이 드리운 길 반대편으로 건너가며, 그 재앙이 실제로 얼마나 클까 상상해 본다. 하나의 재앙은 또 다른 재앙으로 이어진다. 우리가 지구상에 살아남지 못하고, 문명이 사라질 가능성도 충분히 있다. 많은 식물과 동물이 사라져 버리겠지만 전부는 아닐 것이다. 왜냐하면 강인한 생명력으로 수십억 년 동안의 선택을 거치며 살아남은 불멸의 생명체가 귀퉁이 어딘가에, 구석진 틈새 여기저기에 살아있을 것이기 때문이다. 지구 자체는 계속 돌고 회전하며 재앙의 충격에서 벗어날 수 있도록 많은 시간을 할애할 것이다-지구는 늙어가는 것이 아니라 새로운 모습을 취함으로써 회복될 것이다. 살아남은 생명들로

부터 새로운 종들이 진화하게 되겠지. *가장 아름답고 경이로운 형태로.* 그들은 약간의 행운과 함께 상상력을 얻게 될 것이고, 그가 애착을 두고 있는 예술과 과학, 내셔널 지오그래픽 다큐멘터리와 함께 진화할 것이다. 결국 수천 년을 초 단위로 세는 그런 인내심과 함께 모든 것이 가능해진다. 헹크는 시원한 치즈가게 내부로 들어서며 생각한다. 모든 것은 흘러가게 마련이며, 모든 삼라만상이 그러하다. 따라서 성급하게 걱정할 필요는 없다. 가게 안은 사람들로 붐비고 있다. 진열대 앞에는 세 명의 여자가 서 있다. 언제나 그렇듯이 진열대는 풍성한 풍미를 머금은 치즈들로 가득하고, 이것들은 헹크가 기운을 내게 만든다. 이 풍미 가득한 진열대는 그에게 끝없이 큰 즐거움을 의미할 뿐 아니라, 심적 안정감을 선사한다. 이 풍성한 다양함, 이 든든한 풍요로움. 그는 치즈로 눈을 돌리며 깊게 숨을 들이쉰다.

"주문하시겠어요?"

치즈가게 주인은 적당히 뽀얀 피부색의 둥근 얼굴을 하고 있으며, 그의 표정에는 깊은 만족과 거부할 수 없는 멋스러운 유머가 배어 있다. 주인은 질문과 동시에 턱을 조금 치켜들지만, 미세한 그 움직임이 강요의 느낌을 주지는 않는다. 기껏해야 가벼운 부추김 정도이다. 헹크에겐 부추김이 필요하지 않다. 먼저 그는 중간숙성 치즈를 주문한다. 그런 다음 파르메산 치즈 한 조각, 로슈바론 한 조각, 캉탈 한 조각을 주문한다. 사실 마지막 캉탈 한 조각은 살 생각이 없었다. 하지만 즉흥적으로 리스트에 추가하고 만다.

"또 필요한 거 없으세요?"

그는 치즈 딥소스 한 통을 주문한다.

"너무 많이 말고요."

그는 놀라면서 덧붙여보지만, 주인은 못 들은 것 같다. 치즈 가게 주인은 가장자리 끝까지 꽉 채워진 통을 들어 보인다.

"이 정도 괜찮으세요?"

헹크는 고개를 끄덕인다. 부끄러운 감정이 밀려온다. 충동구매는 그의 약한 절제력을 보여준다. 그것은 그의 실체를 말해주는 것이다-식탐 덩어리. 프레이크 말이 옳았다. 그는 지난 몇 년간 체중이 불었다. 살이 많이 찐 건 아니다. 아마도 1년에 1파운드 정도? 하지만 이 정도만으로도 얼굴이 부어 있고, 뱃살이 눈에 띄게 늘었으며, 약간 빠르게 계단을 오를 때면 가슴의 살이 출렁인다. 프레이크는 그것을 남자 유방이라고 놀린다. (비록 그가 수년 동안 거울 보는 것을 피하긴 했지만, 그리고 그가 외모에 대해 관심 없는 것도 아니지만) 비만은 헹크에게 건강 문제나 미적 문제라기보다는 무엇보다 도덕적 문제이다. 이것은 그의 성격적 인 약점을 말하며, 약한 의지력을 드러내고, 그가 원하는 헹크 이미지에 대한 수치스러운 배신이기도 하다. 따라서 그는 짜증이나 걱정보다는 부끄러움을 느낀 것이다. 그리고 이 감정은 치즈 가게에서 너무 많은 딥소스를 받아든 후 나타나는 그의 행동에 영향을 미친다.

그는 얼굴을 들지 못한다. 돈을 낸 뒤, 그는 카운터에서 치즈가 든 봉지를 받아들고는 가능한 빨리 이 굴욕스러운 장면에서 벗어나기 위해 서둘러 몸을 돌린다. 하지만 그것도 마음대로 되지 않는다. 그는 자기보다 뒤에 들어온 남자와 부딪히고, 중얼거리듯 사과의 말을 내뱉고 발을 옮기려 하지만 절묘하게 그의 아래층 이웃을 알아보고는 반사적으로 얼어붙듯 멈춰 선다. 그 남자는 늘 그렇듯이 거칠고 얽은 얼굴에 심술궂은 표정을 짓고 있다. 그의 뺨에 보이는 보라색 혈관에도 불구하고 그의 얼굴은 잿빛을 띠고 있다. 그는 창백한 파란 눈으로 마치 먹이를 기다리며 바위 위 어딘가에 웅크리고 있는 파충류처럼 가만히 헹크를 바라본다. 헹크는 반발자국 뒷걸음질친다. 무슨 말이든 해야 한다. 그래서 이렇게 내뱉는다.

"어르신…."

그는 이 남자의 이름을 잊어버렸다! 어르신이라고 부른 건 별 효과가 없는 시도였다. 남자가 움직이지 않고 계속 그를 바라보고 있는 동안(그 입은 언제든지 열려 끈적이는 혀가 튀어나올 수 있다) 헹크는 당황하며 기억을 더듬는다. 'ㅎ'으로 시작했는데…. 헤르번? 헤르브란디? 흐루너펠트? 어쨌든 이름을 기억할 수가 없다. 이사를 하고 처음 인사를 하려고 초인종을 눌렀을 때 이 남자는 자신의 이름을 말했었다. 날카롭고 매끈한 발음이었다. 흐라프데잌, 흐라프스마, 헤리츠? 그때도 남자는 지금처럼 미동도 없이 그를 빤히 쳐다보았었다. 아래층 집의 현관문에서는 밍밍한 음식과 묵은 먼지, 수십 년간 그대로 있는 가구들, 죽은 반려동물, 늘 똑같은 습관, 아무런 열정도 남아 있지 않은 삶의 공기가 뿜어져 나왔다. 한낮이었지만 집안은 어두워 보였다. 그 어둠 어딘가에 분명 여자가 있었다. 마치 비가를 부르듯 단조로운 톤으로 노래하는 여자의 목소리를 들었기 때문이다. *"아이들은 어디에 있을까? 아이들은 어디로 간 것일까?"* 그녀는 모습을 보여주지 않았다. 그녀가 어떻게 생겼는지 여전히 모르지만 그녀가 암에 걸렸다는 사실은 알고 있다. 첫 번째 만남에서는 아니고 그 이후에 그녀의 남편이 얘기해 주었다. 의사는 암이 그녀의 몸 전체에 퍼져 있다고 말했다. 여자는 아직 살아 있다. 하지만 건물 방음이 취약하고 거실에서 종종 아랫집 텔레비전 소리를 들을 수 있음에도 불구하고 그녀의 구슬픈 노래를 다시는 듣지 못했다.

"어르신…, 치즈 사러 오셨어요?"

"아니요, 달걀이요. 케이크 만들려고요."

"아! 누구 생일인가요?"

헹크가 유쾌한 목소리로 말한다.

"우린 주말에 항상 케이크를 먹어서요."

헹크는 고개를 끄덕인다. 그리고 미소를 짓는다. 친절함을 강조하는 표정을 지어 보인다.

"맛있겠네요. 저도 케이크를 좋아하거든요."

혼란스러움의 그림자가 남자의 얼굴을 덮고, 헹크는 그 이유를 이해한다. 남자는 헹크가 초대받기 위해서 낚시질을 하는 건 아닌지 고심하고 있다. 물론 그건 헹크가 의도한 바가 전혀 아니다.

"저기 어르신…."

그래, 기억났다. 하우트즈바트! 프레드 하우트즈바트라고, 당시 남자는 자신의 이름과 성을 소개했었다. 그리고 나머지는 대충 헹크가 기억하는 대로이다–심술궂게 생긴 파충류 머리, 집

안에서 뿜어져 나오는 음침하고 우울한 냄새, 모습이 보이지 않던 여자의 구슬픈 노랫소리. 그렇게 때때로 아래층 이웃과 마주치게 되지만, 보통은 집 현관에서다. 서로 목례로 인사를 나누는 게 고작이고, 가끔씩은 대화를 하기도 한다. 그렇게 나눈 대화에서 한번은 헹크가 중환자실 간호사라고 말한 적이 있다. 그 남자는 관심을 보이는 듯했다. 그리고 남자는 말했다.

"제 아내가 아픕니다. 벌써 세 번이나 중환자실에 입원했었어요. 아직 살아있는 게 기적과도 같지요."

아내가 어디가 아픈지 헹크가 물었다. 남자는 헹크가 이미 알고 있었어야 한다는 것처럼 놀란 눈으로 눈썹을 치켜들며 말했다.

"암이에요. 의사 말로는 온몸에 퍼졌다고 하네요."

헹크는 이러한 어려운 대화를 나누는 것에 익숙하지만, 특히 죽음에 관한 대화일 경우 여전히 어려운 건 마찬가지다. 그는 기다리는 법을 배웠다. 이렇게 공백이 만들어지자, 남자는 이야기를 시작했다-지역 요양제도, 고양이, (흑인과 결혼해서) 남아프리카에 살고 있는 딸에 대해 이야기했다. 또 그는 암스테르담에서 태어났고 가끔씩 어릴 적 살던 동네의 거리들이 꿈에 나타난다고도 했다.

"그 거리에는 항상 아이들이 놀고 있었죠. 우리는 정육점에서 얻은 돼지방광으로 축구를 하곤 했어요. 그것도 이젠 사라진 물건이네요."

그는 침묵했다. 핼쑥한 두 눈에 고인 눈물을 그는 손등으로 닦아냈다. 그런 다음 시청 쪽을 가리키며, 내일은 장이 열리는 날이라고 말했다. 그러고는 아무 말 없이 몸을 돌려 헹크를 현관에 혼자 남겨두고 떠나버렸다.

"하우트즈바트 씨, 제가 좀 바빠서요. 그럼…, 케이크 맛있게 드세요!"

헹크는 목례를 하고, 미소를 지어보이고, 물건을 들지 않은 손을 남자의 팔뚝에 올려놓기까지 한다. 하지만 남자의 반응을 기다리지 않고 큰 보폭으로 문을 향해 걸어간다. 그런데 때마침 손님이 들어와 그는 엉거주춤 한 걸음 뒤로 물러선다. 문턱에 걸린 유모차를 밀고 있는 여성, 그는 잠깐 유모차를 들어 그녀를 돕는다. 여성은 그에게 감사를 표한다. 그녀는 여성이라기보다 아직 소녀 같은 모습이다. 아이 엄마라고 하기에는 너무 어린, 어쩌면 보모일지도. 여하튼 이제는 아무도 없는 출입문을 통과해 그는 밖으로 걸어 나온다. 도망치듯 밖으로 나온 그는 무의식적으로 왼쪽으로 꺾어 길을 걷는다. 잘못된 방향이다. 그는 실수를 알아채자마자 뒤돌아서지만, 이웃 남자를 다시 맞닥뜨릴 수 있는 그 치즈가게 앞을 다시 지나가고 싶지는 않다. 그래서 길을 건너 그가 가려던 길과 만나게 될 첫 번째 골목으로 들어선다. 서점이 있는 골목으로.

둘러 가는 이 길은 축복임에 분명하다. 황량하다시피 한 이 길에 그는 몇 분간 자신을 맡겨본다. 이곳은 아직 핵폭발의 흔적이 보이지는 않지만 충분히 상상할 수 있는 곳이다-강렬한 햇빛과 깊은 그림자를 보라. 케첩이 남은 채 하수도에 버려진 찢어진 플라스틱 용기를 보라. 한 치의 움직임도 없이 걸려 있는 잡화점의 깃발을 보라. 이 모두가 황폐하고 죽은 거리에서 살아남으려는 노력들이다. 그의 두뇌활동은 전두엽 피질에서 재구성된다. 고삐가 조여 온다. 그가 순종해야 하는 명령이 떨어진다-보폭을 늦추고, 심호흡을 하고, 어깨의 긴장을 풀 것.

* * *

헹크가 서점으로 들어설 즈음, 그는 어느 정도 차분해진 상태가 되었다. 서점은 자체적으로 지속적인 회복을 거듭하고 있다-고요함, 질서정연함, 새 책 냄새, 지식과 진보, 문명이 만들어낸 파라다이스. 비록 이번 방문의 목적은 아니지만, 이곳은 그가 책장에 꽂아 둘 책을 구입하기 위해 거의 매주 오는 곳이다. 그는 로사에게 줄 선물을 사러 들렀다. 어떤 책을 살지 생각해 둔 게 있지만, 아직 고민 중이다. 그는《소년 케이스Kees de jongen》생각을 하고 있는데, 그건 케이스가 사랑에 빠진 소녀 로사 오베르베이크 때문이다. 그가 이 책을 읽은 건 지금 로사—그러니까 프레이크의 딸 로사—의 나이 때였고, 깊은 감동을 받았었다. 그는 그때 책에 등장하는 모든 단어들을 이해하고 느낄 수 있었다. 마지막 페이지에서 로사는 케이스에게 키스를 한다. 자신의 대담한 행동에 놀라 로사는 도망가지만, 케이스는 바로 이 키스가 모든 것을 바꾸어 놓았다는 사실을 깨닫게 된다. 그는 처음에는 무감각했지만 이내 가슴 속에 벅차오르는 환희를 느끼며 홀로 고요한 운하를 건너서 집으로 걸어간다. 그리고 생각한다. 지나가는 사람들은 여기 걸어가는 사람이 누구인지 전혀 알지 못한 채 그냥 평범한 소년, 아직 별다른 인생 경험도 없는 소년으로 생각하겠지. 하지만 실제로는…. 그래, 그러니까 이 책은 훌륭한 책이다. 반박할 여지없는 네덜란드 고전이다.

그렇지만.

그가 1979년경에 읽었고, 1923년에 출간된 이 책이 잘 알지도 못하는 소녀에게도 깊은 인상을 줄 수 있을까? 아니 잠깐. 잘 알지도 못한다는 건 사실이 아니다. 그는 로사와 끈끈한 유대감을 가지고 있다. 로사는 그가 이혼한 후에 왠지 그를 보살피고 싶어 하는 것 같았다. 그는 이유를 몰랐다. 14살짜리 소녀들만이 가진 무엇인 건가? 아니면 로사가 무력한 남성을 보면 측은지심이 생기는 그런 성향의 소녀인 걸까? 어쨌든 그녀는 지금 그가 살고 있는 집을 리모델링할 때 그를 도와주었고, 그 과정에서 둘은 때때로 놀라운 대화를 나누게 되었다. 어느 날 로사는 "첫 섹스는 몇 살 때였어요?"라는 질문을 했다.

그는 무척 놀랐다. 그가 성장했던 시기를 '자유와 쾌락'의 시대라고 평가하곤 하지만, 그럼에도 불구하도 그는 섹스에 대해 쉽게 이야기하지 못하는 세대에 속한다.

"맙소사, 로사. 무슨 질문이 그래?"

"꼭 대답할 필요는 없어요, 삼촌. 그냥 궁금했을 뿐이에요."

그에게 섹스에 대한 대화가 쉽지 않다는 것은, 부끄러움의 문제라기보다는 무능의 문제에 더 가깝다고 할 수 있다. 그는 그것을 배운 적이 없다. 적절한 매너에 대해 교육받은 적도 없다. 그가 아는 거라곤 주로 자신의 경험에 근거한 불안정한 지식들이며, 그것에 대해 썰을 풀어놓을 만한 것도 못 된다. 더욱이 그는 로사가 그의 경험에 대해 실제로 묻고 있는 것이 아니라, 그녀 자신의 성에 관한 정보를 찾고 있다는 사실을 깨달았다. 이혼으로 인해 아직도 얼떨떨해 하고 있는, 자식도 없는 50대에게 익숙한 영역은 아니었다. 어쨌든 그는 정직한 대답이 필요한 열네 살의 소녀 옆에 앉아 있었기에 용기를 냈다.

"19살 때였어"라고 그는 말했다.

"병원 신경과에서 일하고 있었는데, 그때 동료와 성관계를 가졌어. 청소도구 보관실에서. 정말 끔찍했어."

아, 밀려오는 수치스러움. 하얀 천장에 달린 형광등과 시멘트바닥, 흰색 베니어 선반에 놓인 청소제품들, 분홍색과 파란색 청소용 행주를 깔아 즉석에서 만든 침대, 물이 떨어지는 수도꼭지, 여전히 물이 가득 담겨 있는 걸레통과 고인 물 냄새…. 왜 그런 어리석은 짓을 한 것일까? 그는 왜 그녀를 따라갔던 것일까? 어쨌든 그건 그때 자기 자신이 따라가도록 놔두었기 때문이다. 그는 열아홉이었다. 그의 인생이 그를 덮쳤고, 그 일은 지나갔지만 때때로 그의 뺨을 때리며 엄습해오기도 했다. "어서 와", 그녀는 이렇게 말하고 그의 손을 잡았다. 그들은 보관실로 들어갔다. 그녀는 형광등을 켰다. 그리고 문을 잠갔다. 그녀는 앞치마를 풀었다.

아, 밀려오는 수치스러움. 그 무자비한 형광등 불빛 아래 그녀의 가슴, 푸른 정맥, 속옷에 납작하게 짓눌린 음모와 그것의 칙칙한 색깔….

"왜 끔찍했어요?"

로사는 물었다.

"나는 그것이 무엇을 의미하는지 정확히 몰랐어. 그래서 그냥 뭔가를 했어. 난 단순히 내게서 땀 냄새가 날까봐 걱정되었고, 누군가 우리 소리를 듣기라고 할까봐 두려웠고, 그리고 내가 그녀를 아프게 할까봐 무서웠어…. 단 한순간도 즐겁지 않았고, 끝나고 나서는 불쾌하고 더럽고 비참했어."

로사의 움직임이 점점 느려지더니 가만히 멈추었다. 그녀는 벽을 빤히 응시하고 있었다. 그녀가 무슨 생각을 하는지 알 수 없었지만 그는 그녀의 진지함을 보았다. 그런 다음 그녀는 페인트에 붓을 담그고 다시 페인트칠을 하기 시작했다. 동시에 그녀가 말했다.

"나도 이미 해봤어요."

그래 그거였다. 아주 간결하게 들리는 말이었지만, 이 모든 것이 그녀 몸의 모든 세포를 마비시키고, 모든 신경이 전율하며, 모든 근육은 경련을 일으키고, 또 모든 숨을 멎게 만드는 그녀의 '첫 경험'이라는 기념비적인 사실에 관한 것이라는 걸 알았다. 그래, 그는 잘 이해할 수 있었다-그녀가 이 말을 내뱉지 못했더라면 아마도 그녀는 폭발해버렸을 거다. 그녀가 이렇게 세 단어로 설명한 것은, 아이를 어른으로 만든 돌이킬 수 없는 '통과의례'였다. 어른! 그녀는 겨우 열네 살이었다. 움직임이 느려지고 결국 멈춰버린 건 이제 헹크였다.

"그리고 나쁘지 않았어요."

그의 시선은 벽을 정면으로 응시하고 있었지만 그럼에도 불구하고 그녀가 그를 힐끗 쳐다본다는 걸 알았다. 그는 대답을 해야 한다. 그가 그녀 말을 듣고 이해했다는 것을 알려줘야 했지만 여전히 적당한 단어를 찾을 수 없었다. 열네 살, 그는 계속 생각했다. 열네 살.

"아빠한테는 아무 말도 하지 말아요."

갑자기 격렬한 어조로 그녀가 말했다.

오, 맙소사, 안 될 일이지! 그가 프레이크에게 말한다는 건 상상조차 할 수 없는 일이었다. 그들의 관계는 이혼 후에 최악의 상태였다. 그의 남동생은 냉혹하리만큼 무정했다.

"바람 조금 폈다고 뭐하는 거야? 정신 차려. 요즘 세상에 바람 안 피는 사람이 어디 있어? 그리고 경제적인 영향에 대해서 도대체 생각이나 해 본 거냐고?"

로사는 아무 걱정할 필요가 없었다. 그가 프레이크에게 로사에 대해 이야기하는 건 정말 상상도 못할 일이었다. 그와 남동생 사이에 놓인 황무지 같은 평야는 그런 친밀한 관계를 품을 만큼 편하지 않았다.

"물론 안하지."

그는 말했다.

"난 사이코가 아니야."

로사는 킥킥 웃었다.

"그거 아세요? 내 남자친구는 나를 '사차원 로사'라고 불러요."

"네가 그와 섹스를 했기 때문에?"

"아니요. 이미 그 전부터요. 그냥 내가 좀 사차원이라고 생각한대요. 가끔은 나도 내가 좀 특이한 것 같기도 하고…."

이렇게 로사가 자신을 묘사한 방식, 그러니까 자신의 독립성에 대해 어필하고, 자유분방한 자신의 성격을 강조하는 건 누군가의 마음에 들려고 끼를 부리는 태도였다. 하지만 헹크는 눈감아 주었다. 그녀는 자신의 친구들 중 어쩌면 가장 먼저 처녀성을 잃었을 지도 모른다. 그녀는 방황했고, 혼란스러웠던 것이다. 그는 지금, 여인처럼 행동해야 하는 한 소녀 옆에 앉아 있었다.

"사차원 로사와 사이코 헹크삼촌."

그녀는 웃음을 터트렸다. 그도 피식 헛웃음을 지었다. 그녀는 다시 심각한 표정으로 강조하며 말했다.

"진심이에요. 아빠가 알면 완전히 돌아버릴지도 모르니까 정말 절대로 말하면 안 돼요."

그는 아무에게도 말하지 않았고, 이들의 유대감은 우정으로, 아니, 나이 차이가 있으니 우정이란 게 허용되지 않을 수도…. 우정이라기보다는 그와 비슷한 끈끈한 연대감으로 발전했다. 둘 사이에는 돈독한 애정이 있고, 신뢰가 존재한다. 때때로 그녀는 전화를 한다. 또 가끔은 그를 방문하기도 한다. 그들은 이야기를 나누고, 산책을 하고, 함께 식사를 한다. 최근 들어 그녀는 와인 한 잔씩을 반주로 곁들인다. 이 또한 프레이크가 모르고 있는 사실이다.

* * *

어쨌든, 문제는 그가 그녀를 위해 이 책《소년 케이스》를 살 것인지 아닌지이다. 그는 최종 결정을 미루며 다른 책들로 눈길을 돌린다. 책꽂이에서 책들을 꺼내 훑어보고는 다시 꽂아두고, 또 '새로 나온 책' 진열대 주위를 한번 빙 둘러보더니, 마침내 서점 뒤쪽에 놓인 가죽 안락의자로 가서 앉는다. 이곳은 조용하다. 주인은 계산대에 앉아 책을 읽고 있다. 아동도서 코너에는 포도나무 무늬가 그려진 원피스를 입은 여성이 서 있다. 아름답다. 때마침 밖에는 오토바이 한 대가 지나간다.

그는 안락의자에 몸을 파묻은 채 생각에 빠진다. 어릴 적 아버지의 솔렉스 전기자전거 뒷좌석에 앉아 있던 기억이 떠오른다. 그 기억은 놀랄 정도로 선명하게 다가온다. 그는 여덟아홉 살이었다. 아버지와 그는 추운 겨울풍경 속을 가로지르며 달리고 있었다. 날은 이미 어두워지고 있었고, 앞에서 불어오는 차가운 바람을 아버지의 등이 막아주고 있었다. 회갈색 코트에서 차가운 옷장 냄새가 불어왔다. 길 양쪽에서는 얼어붙은 도랑이 불빛에 반짝였고, 황량한 교차로에는 가로등 하나가 불을 밝히고 있었다. 그들이 마침내 집에 도착했을 때, 그의 몸은 너무나 뻣뻣해져 있었고 그는 자전거에서 내리느라 끙끙대야 했다. 그가 정원에 난 작은 샛길을 따라 뒷문으로 걸어갔을 때, 그의 다리는 마치 다른 사람에 의해 움직이는 것만 같았다. 어쩌면 신과 같은 존재 혹은 친절하게도 그에게 도움을 주려는 누군가에 의해 그는 드디어 부엌 쪽문에 도달할 수 있었다.

그 기억은 또 다른 기억들을 소환해 낸다. 불현듯 물밀듯이 밀려오는 기억들 속에서 헹크는 한동안 생각에 빠져 있다. 종종 사소한 것들이 그의 옛 기억을 소환해 내곤 한다. 기억이라는 것은 인생의 시간을 따라 앞뒤로 반복하며 움직이는 재봉틀의 북과 같고, 그 움직임은 점점 더 빠른 속도로 *쉭쉭쉭* 일련의 기억들을 엮어간다. 그리고 어느새 한 편의 인생 이야기가 덕지덕지 기워진 태피스트리처럼 눈앞에 펼쳐진다. 그러니까 어릴 적 솔렉스 자전거를 타고 달렸던 기억은 시간이 한참 흐른 어느 여름 날 자전거를 타고 발Waal 강가를 달리던 기억으로 연결되고 (어머니는 마치 지휘라도 하듯, 두 손을 자전거 핸들에서 떼고 공중으로 치켜들며 시를 읊었다. "나는 다리를 보기 위해 보멜로 갔노라. 그리고 새 다리를 보았노라."[2]) 그리고 또 많은 시간이 흐른 후에, 그의 큰형은 약에 취해 정신병원 폐쇄병동의 낡은 소파에 맥없이 앉아 있었다. 그 다음은 어니스트 헤밍웨이의 사진이 걸린 아버지 서재의 회색 돌 창턱. 마지막은 플라윔거리와 접해 있던 뒤뜰—그곳에 놓여 있던 대야는 수돗물로 가득 차 있었고, 더운 날이면 그와 형제들이 몸을 담구고 더위를 식힐 수 있는 곳이었다. 또 그런 날씨에 어머니는 밀폐용기 형태의 레모네이드 아이스크림을 만들어 주었다. 그들은 눈 깜짝할 사이 아이스크림의 맛과 색깔을 열심히 빨아먹었고, 결국 맛도 색깔도 다 빠진 반투명의 부서지기 쉬운 얼음만 남곤 했다. 하지만 그건 그가 무엇보다도 좋아하는 간식이었다. 이렇게 헹크는 속절없이 흘러버린 시간의 속도를 체감한다. 그리고 시간이 흘러가는 방향 또한 바꿀 수 없다는 사실을 뼈저리게 절감한다. 빛은 직선으로 확장한다고 그는 물리학 시간에 배웠다. 시간의 경우도 마찬가지이다. 그리고 이 두 요소는 광년이라는 개념으로 서로 연결되어 있다. 광년! 때로는 결코 좁혀지거나 만날 수 없는 거리가 존재한다는 사실을 문득 명확히 일깨워주는 단위이다.

이러한 기억들은 익숙한 감각에 의해 멈춰버린다. 그가 마치 모래처럼 산산이 부서져버리는 느낌. 이 느낌은 너무도 강력해서, 실제로 그가 모래처럼 무너져버리는 *무엇인가가* 된 것 같고, 그래서 그 느낌은 거의 환각과도 비슷하다. 이것은 불쾌한 느낌이고 그래서 그는 어깨를 마구 흔들며 몸서리치듯 이 감각을 떨쳐내 본다. 이 간단한 방해기술은 즉각적인 효과를 발휘한다. 그의 우유부단함이 결단력을 되찾는 순간이다. 그는 집중한다. 그리고 온 힘을 모아 의자에서 벌떡 일어난다. 그리고 책들이 꽂힌 책장으로 걸어가서 손을 뻗는다.

몇 주 후에 이 느낌은 다시 헹크에게로 되돌아 올 것이다. 그는 당황할 테고, 도대체 무슨 일이 있었는지 의아해 할 거다. 와르르 무너져버리는 그 느낌은 도대체 어디서 온 것일까? 서로가 좁혀질 수 없다는 그 느낌 때문이었을까? 그토록 확신했던 삶이 낯선 존재가 되어버리는 느낌 때문에? 아니, 그 느낌은 마치 당뇨병환자에게 당뇨가 익숙한 것처럼 그에게는 평범한 일상과도 같은 것이기에, 그는 그것을 견뎌내야 한다고 생각할 거다. 그리고 무언가 다른 해석을 찾으려 하겠지-그 느낌은 쓰나미처럼 몰려든 생각들이 우연히 가지고 온 것이라고. 그의 기억들이 모여 어떤 이야기를 만들어 낸 것도 아니고, 멋진 태피스트리 양탄자로 짜인 것도 아니다. 기억들은 시간의 순서나 인과관계와는 상관없이 느슨하게 꿰매어 놓은 패치워크에 지나지 않는다고. 바로 이 느슨함이 이따금씩 헹크를 힘들게 하는 그의 약한 응집력에 경고를 날린 것이었다고. 그는 생각한다. '헹크를 헹크로서 유지시켜주는 것들'이 너무 빈약하다고.

자, 한번 살펴보자. 헹크라는 사람의 몸은 날마다 새롭게 만들어지지만, 그럼에도 불구하고 그의 몸은 늙어가고 있다. 헹크는 수많은 부위들로 나누어진 뇌로 구성되어 있고, 한쪽 부위는 다른 쪽에서 일어나는 일에 대해 전혀 알지 못한다. 헹크의 기분은 예측할 수 없는 조류처럼 그를 엄습하고, 헹크의 기억은 미친 사람의 기억마냥 열거된다. 그렇기에 모래처럼 무너지는 느낌은 단순한 우연이 아니었다. 그것은 그의 불안한 감정이 반영된 것이었다. 그의 본질, 그러니까 그가 별 생각 없이 '나'라고 일컫는 존재에 대한 의심 그리고 그런 '나'를 이해하고 헹크를 이해하는 것이 부질없다는 깨달음, 실제로 사라지는 것이 누구인지 혹은 무엇인지 알 수는 없지만, 그가 언제든지 사라져버릴 수 있는 깊은 수렁에 대한 생각. 그 느낌은 이 모든 것을 아주 정확하게 반영해 낸 것이었다.

그 느낌이 서점에서 그를 엄습한 것은 우연이 아니었다. 그는 자신의 부족한 응집력은 독서욕구 때문이라고 오랫동안 생각해왔다. 독서를 통해 다른 사람의 생각과 감정의 세계에 침투해버렸기 때문이라고 유추했었다. 독서를 통해 공감능력을 키웠지만 우리가 사회생활을 하면서 개성을 잃게 되는 것처럼 그의 성격은 희석되어 버렸다. 책을 읽을 때마다 그는 자신의 무엇인가를 잃어갔다. 그의 '헹크다움'은 독서 욕구의 제단에서 '햄릿Hamlet[3]스러움'에, '라스콜리니코프Raskolnikov[4]같음'에, '블룸Leopold Bloom[5]다움'에 희생양이 되었다. 그리고 그가 취한 모든 단어들은 헹크가 스스로의 몸에 상처를 낸 흉터가 되었다. 그는 책 읽기를 멈출 수 없었다. 어려서 읽는 법을 배웠고, 나중에는 부모님이 꾸짖을 정도로 책을 읽으며 방의 한 구석에서 셀 수 없이 많은 즐거운 시간을 보냈다. 그는 읽고, 읽고, 또 읽었다. 그는《비글스Biggles》시리즈와《봅 에버스Bob Evers》시리즈를 읽었고, 블라이튼Blyton의《말괄량이 쌍둥이De dolle Tweeling》시리즈와《다렐르 시리즈Malory Towers》를 읽었다. 그리고《도널드 덕Donald Duck》을 읽었다. 그는《성경》을 읽었고, 〈시편〉을 읽었다. 그리고 할머니에게서 받은 어린이 백과사전을 읽었다. 그는 책을 읽으며 상상의 경이로움을 알게 되었다. 그것은 새로운 세계를 경험할 수 있는 능력, 자신을 둘러싼 둑을 넘어 새로운 토양으로 흘러갈 수 있는 능력이었다. 마치 비가 많은 봄철에 네덜란드의 강이 그러하듯이. 일단 독서에 빠지게 되면, 그리고 그의 상상력에 사로잡히게 되면, 이 세상 그 무엇도 그를 책으로부터 떼어놓을 수 없었다. 심지어 막 성인이 된 젊은 시절, 독서가 그의 성격을 갉아 먹을 수 있다는 두려움이 커져갔을 때도, 그는 독자로서 책에 대한 사랑과 미움, 욕망과 두려움, 친밀감과 이질감이라는 상충되는 감정들에 휩싸였다. 마치 결혼생활과도 같이. 그는 계속 책을 집어 들었고 독서를 거부할 수 없었다. 그 결과 그의 독서생활은 때때로 다음과 같은 장면을 연출해 냈다.

책을 다 읽고, 새로운 책을 고르기 위해 책장 앞에 선다. 그의 시선은 책들을 훑어 내려간다. 그리고 치즈 가게에서 풍성한 치즈들을 보고 느꼈던 충만감과 매우 흡사한 감정을 느낀다. 풍요로움! 풍족한 부유함이 가져다주는 만족감! 그는 책 제목들을 보며 분류하기 시작한다. 이미 읽은 책들, 아직 읽지 않았지만 별로 읽고 싶지 않은 책들, 너무 두껍고, 너무 얇고, 영어책 말고, 그럼 다시 나보코프를 읽어 볼까. 아니, 그거 말고. 그러다가 갑자기 그의 얼굴에 분노의 표정이 드리운다. 그는 주먹을 움켜쥔 채 마치 권투선수마냥 책들을 마주한다. 고민하는 것이 힘들었던 그는 이런 생각을 했음에 분명하다. '아, 독서를 한다는 것, 이 얼마나 끔찍한 습관이란 말인가. 이건 완전한 시간 낭비이며, 인생을 가짜로 꾸며대는 것이다. 그래, 가짜 인생. 소파에 앉아서 허구의 인물들이 마치 자신인 양 생각하고 있는. 이 얼마나 애처로운 일인가! 이 무슨 현실도피란 말인가! 이것이야말로 자신의 개성을 파괴하는 행위가 아니던가!' 누군가 그 순간 그를 보았더라면, 깜짝 놀랐을 것이다. 왜냐하면 그의 기분 변화가 너무도 갑작스럽고 격렬하면서도 또 너무 순간적이었기 때문이다. 사실 그러한 분노와 혐오의 감정이 오래갔던 적은 없다. 늘 그의 욕망이 승리를 거두었다. 그의 시선은 재빨리 그가 읽고 싶었던 책으로, 의심의 여지없이 그가 읽고 싶었던 책, 그러니까 오랫동안 읽을 계획을 가지고 있었지만 실행에 옮기지 못했던 책으로 향한다.

요즘은 이런 장면이 잘 연출되지 않는다. 응집력의 부족이 단순히 개인적인 것이 아니라 일반적인 특성이라는 것을 헹크는 수년에 걸쳐 깨닫게 되었다. 그에게 적용되는 것은 누구에게나 적용되는 일이며, 독서와는 아무런 관련이 없다. 우리는 모두 유령들이고, 이야기라는 옷을 입은 물질이다. 그로 인해 우리는 원하는 것보다 훨씬 더 유동적일 수 있는 것이다. 사실 우리가 원하는 것은 아무런 영향력을 행사하지 않는다. 바로 이러한 통찰력으로 헹크의 불안감은 대체로 진정되었고, 산산이 부서지는 그런 느낌의 습격은 줄어들게 되었다. 물론 서점에서 일어났던 것처럼 여전히 그러한 느낌에 압도되기도 하지만.

그래서 그는 서점에서의 시간을 되돌아보며, 자신에 대해 좀 더 알아보기로 한다. 오토바이 소리, 기억의 쓰나미, 산산이 부서지는 느낌…. 해묵은 불안감이 그를 덮쳤지만, 더 중요한 것은 그가 어깨를 흔들어 그 감정을 즉시 떨쳐냈다는 것이다. 그런 다음 책꽂이에서 무엇인가를 발견했다. 그는 일어나 책꽂이로 향했고, 그곳에서 조금도 주저하지 않고 손을 뻗었다. 그는 이제 로사에게 주고 싶은 책을 정확히 알았기 때문이다.

바로 저기.

* * *

집으로 향하는 길에 헹크는 프레이크와 그의 아내 줄리아를 위해 뭔가를 가져가야 한다는 걸 깨닫는다. 그는 다시 뒤돌아 주류 판매점으로 걸어간다. 그곳에서 적포도주 한 병을 산다. 짙은 붉은 색의, 30유로가 넘는 메독Médoc 와인이다. 말도 안 되는 가격이라고 생각하지만, 프레이크는 와인전문가이고, 싸구려 와인은 좋아하지 않는다. 그가 돈을 지불하기 위해 지갑을 꺼낼 때, 셰리Sherry Wine가 놓인 선반이 그의 시선을 사로잡았다. 지역 요양원에서 지내고 있는 그의 전 동료이자 친구인 마이꺼 생각을 한다. 그는 정기적으로 그녀를 방문하고 있다. 방문

할 때마다 늘 셰리 한 병을 가져가는데, 가자마자 그녀는 병을 오픈한다. 그는 잠시 망설인다(빌런을 오랫동안 혼자 두고 싶지 않고, 더운 날씨에 치즈의 상태도 걱정이 된다). 하지만 그는 셰리 한 병을 구매하고, 곧장 시내 외곽에 있는 요양원으로 향한다. 더운 날씨에도 불구하고 그는 빠르게 걸음을 옮긴다. 손에 든 비닐봉지가 가끔씩 허벅지에 부딪히지만 그는 거의 느끼지 못한다. 그의 머릿속은 마이꺼 생각으로 가득 차 있다. 어쩌면 마이꺼 생각이 아니라, 마이꺼에게 남아 있는 것들이라고 해야 정확할지도 모르겠다. 작지만 강인하던 그녀는 이제 앙상한 뼈만 남았고, 조화롭게 움직이지 못하는 그녀의 몸은 마치 안간힘을 쓰며 버둥거리는 한 마리 새와 같은 모습으로 변해가고 있다. 그런 몸과 더불어 그녀의 기억은 손상되고, 지식은 파편처럼 조각나고, 기술은 반만 남은 채, 그녀의 정신은 무너져버린 젠가Jenga 게임판이 되어 버렸다. 그렇다고 그녀가 괴로워하는 것은 아니다. 그녀는 아침 8시부터 보행기를 밀고 이곳저곳을 어슬렁거리며, 사방에서 수다를 떨고 킥킥대며 웃는다. 10시쯤에는 바에 자리를 잡고, 처음에는 커피 한 잔을 마신 다음 재빨리 셰리 첫 잔으로 넘어간다. 오늘도 그녀는 그렇게 하루를 시작했고, 바로 그 순간 헹크가 들어선다.

"헹크! 내 친구!"

그녀가 그를 알아본다. 항상 그런 건 아니다. 때때로 그녀는 그를 알아보지 못한다. 하지만 그건 중요하지 않다. 그녀는 자신이 잊어버린 것들을 상상해 낸다. 헹크는 그녀의 아들이었다가 옛 이웃이기도 했고, 심지어 세상을 떠난 그녀의 남편일 때도 있었다. 그녀에게는 생명력을 소진한 남편의 상태가 그녀 앞에 서 있는 생명력 가득한 헹크의 상태와 모순되지 않는 듯 보였다. 가끔씩 그녀는 그가 누구이고 혹은 무엇인지를 그냥 꾸며내기도 한다. 그는 의사이고, 유명한 피아니스트이며, 또 그녀가 연필, 지우개, 공책을 주문한 사무용품 판매원 얀센이기도 하다.

그녀는 얀센에게 "내가 글을 아주 예쁘게 쓰는데, 알고 계시죠?"라고 말하고, 헹크는 그의 역할에 충실하게, 다 알고 있다는 듯 고개를 끄덕인다. 마이꺼는 실제로 놀랍도록 아름다운 필체를 가졌었다.

"잘 지냈어요?"

그는 그녀의 이마에 키스를 한다. 입술의 압력 때문에 그녀의 봉긋 세운 머리장식이 흔들거린다. 밝은 금발의 곱슬머리 가발이 머리 위로 높이 씌워져 있는데, 새둥지처럼 보이기도 한다. 그녀는 그렇게 출입문 근처 테이블에 앉아 주변을 면밀히 살피고 있다. 헹크는 그녀 옆으로 가 앉으며 그녀의 손을 잡는다.

"오늘은 어때요?"

"좋아요."

마이꺼가 유쾌한 목소리로 답한다.

"당연하죠. 좋고, 좋고, 또 좋아요. 정말 모두 좋아요. 아, 오늘 아침에 무슨 일이 있었는지 알아요? 물론, 당신은 모르겠지만, 어쨌든 내가 지금 병동에서 왔는데요…."

그녀는 때때로 셰리를 홀짝이면서 말을 이어갔다. 그들의 대화는—마이꺼가 쉼 없이 이야기하고 있는 이 상황을 대화라고 부를 수 있다면—모든 방향으로 흘러간다. 이 작은 여인은 손상된 기억의 밀물과 썰물 위를 표류하고 있다. 가끔씩 그녀는 능숙하고 즉흥적으로 대처하기도 한다. 셰리 한 잔을 주문하고 곧 잊어버린 다음 또 새로운 잔이 그녀 앞에 놓이면, 순간 깜짝 놀라긴 하지만, 이내 곧 설명에 들어간다. 헹크 쪽으로 몸을 굽히고는 속삭인다.

"저 남자가 나에게 반한 것 같아요. 종종 술 한 잔씩을 쏜다니까요."

그녀는 셰리 잔을 들어 바텐더를 향해 밝은 표정으로 건배의 제스처를 취한다. 추측하건대 자원봉사자일 그 남자가—그는 그을린 얼굴과 백발을 한 70대 남자이다—정중하게 고개를 끄덕인다.

"참. 이거 가지고 왔어요."

헹크가 셰리 한 병을 테이블 위에 올려놓는다. 마이꺼는 그에게도, 셰리에게도 눈길을 주지 않는다. 그녀는 손가락 하나를 그의 팔에 올려놓더니 그를 향해 몸을 기울이며 속삭인다.

"내가 요즘 너무 성욕이 넘치는 거 있죠."

"그래요? 왜 그런 거예요?"

헹크가 묻는다.

"글쎄요, 나도 이해가 안 가요. 여긴 섹시한 남자들도 많지 않은데 말이에요. 게다가 사실은 대부분 제정신이 아니에요. 정신 나간 사람들이에요!"

그녀는 한 손을 이마 옆으로 가져간다. 그러자 가발이 그녀의 두개골을 따라 왔다갔다 움직인다.

"아마도 내 안에서 생겨난 것 같아요. 여기 내면에서요. 내가 내 자신을 불 지피고 열정이 타오르게 만든 거예요! 불과 열정!"

그녀는 그를 쳐다본다. 그리고 검지로 그녀의 코끝을 두드린다. 헹크는 피식 웃음 짓는다. 지난 수년에 걸쳐 마이꺼는 조금씩, 조금씩 사라져 갔다-그녀의 차분한 목소리, 걸음걸이, 컵을 들고, 쳐다보고, 생각에 빠져 있고, 킥킥대고, 또 환하게 웃던 그 모습들이 사라져 갔다. 하지만 바로 이 모습만은 아직도 그녀에게 남아있었다. 검지로 코끝을 만지는 그녀의 행동 말이다. 그건 친밀함의 표현이었다. '내가 무슨 말을 하는지 너도 이해하지?' 하는.

그녀는 계속 말을 이어간다.

"그걸 내가 어떻게 하겠어요? 내가 할 수 있는 건, 당신도 알겠지만…, 수증기를 분사하는 거죠! 나 자신을 진화하는 거예요. 내가 하루에도 서너 번씩 수증기를 뿜어대요. 그렇게 잠재우는 거죠."

갑자기 셰리 병을 본 그녀는 말을 멈춘다. 눈이 커지고, 그런 다음 주변을 둘러보더니 카운터에서 테이블보를 정리하고 있는 바텐더를 바라본다. 그녀는 미소를 띠우고, 잔을 치켜들더니 큰 소리로 말한다.

"고마워요, 내 사랑! 건배!"

남자는 고개를 끄덕이고는 계속 카운터를 정리한다. 마이꺼는 셰리 병을 오픈하고 자신의 잔에 따른 뒤, 한 모금을 마신다. 그녀는 아침에 있었던 일에 대해서 이야기를 시작하지만, 그 다음 순간 기억의 조수는 그녀를 넓은 바다로 끌고 가버린다. 헹크는 더 이상 그녀를 따라갈 수가 없다. 그녀의 문장은 무너진다.

“휴, 정말 끔찍했어요. 어떻게 그런 일이 가능한 건지. 내가 그냥 그곳을 걷고 있었는데…, 맞아요, 그냥 걷고 있었다니까요! 그리고 그 다음엔 식물들이 나타났어요. 그런데 그게 너무 웃긴 거죠. 그러다 갑자기 사라진 거예요. 그 사람이! 그 남자 말이에요! 내가 그 얘기 했었죠?”

잠시 이런 식의 이야기가 계속된다. 헹크는 슬픈 감정이 마치 서늘한 냉기처럼 북받쳐 오는 걸 느낀다. 이것은 그가 이곳을 방문하는 대가다. 그는 미소를 짓고, 고개를 끄덕이며, 그녀의 손을 꼭 잡고 있지만, 모든 건 연극이다. 진짜 그는, 마이꺼 옆에 앉아 있는 이 건장한 남자의 등 뒤에 숨어서, 소파에 앉아 울고 있었다.

“옛날에 그랬었잖아요. 기억나나요? 오, 끔찍했었죠. 그래도 우리는 웃을 수 있었죠. 함께였으니까요. 그래요. 하하 호호 히히. 우린 그렇게 계속 웃었어요! 세상에! 그리고 식물들이 함께 춤을 추었죠…. 모두가 함께. 제비꽃! 제라늄! 안개꽃! 모두 다 같이.”

웃는 그녀의 몸이 떨린다. 입가에 거품이 모인다. 헹크는 그녀의 손과 말라죽은 나무처럼 건조하고 야윈 그녀의 손가락을 쓰다듬는다. 그는 그녀를 자신의 가슴 쪽으로 가까이 잡아당기고 싶었다. 자신의 든든한 품으로 끌어당기고 싶었다. 그녀가 수렁에서 벗어날 수 있도록, 이 혼란과 광기, 충동에서 멀어질 수 있도록. 그녀를 완전히 통제하고 괴롭히는—그건 마치 한 무리의 못된 청소년들이 길 잃은 개를 놀릴 때 보이는 통제력과 무심한 잔인함과도 같았다—이 나락으로부터 그녀를 끌어내고 싶었다.

"가끔씩 흠뻑 젖곤 해요. 하지만 아무한테도 얘기하면 안 돼요. 특히 자카리아스한테는요. 오, 자카리아스, 레벨리야스, 부세리아스, 크리티아스."

그녀는 헹크보다 열여덟 살이 많다. 3년 전까지만 해도 그녀는 활기 넘치고 에너지 가득한 여성이었다. 당시 그녀는 수간호사였고, 중환자실에서 알게 되었다. 물론 나이는 더 많았지만 그녀는 누구 못지않은 활기찬 생명력을 지니고 있었다. 그녀가 은퇴한 후 헹크는 그녀의 아파트를 정기적으로 방문했다. 어느 날 그녀가 얘기했다.

"그런데 말이에요…, 내가 알츠하이머래요."

일 년 전 그녀는 요양원에 들어왔다. 그녀의 남편은 이미 세상을 떠났고, 외동아들은 미국에 살고 있기 때문에, 헹크가 그녀의 일을 돌보고 있다. 물론 중환자실에서는 그 역할이 반대였다. 그녀가 그를 챙기고 돌보았으니까. 그것은 그에게 필요한 일이었다. 그녀가 본 헹크는 덩치만 큰, 한없이 여린 사람이었다. 그는 훌륭한 간호사였지만, 그의 모든 환자들의 운명이 자신의 것이기라도 한 것처럼 걱정했다. 그는 환자들의 이야기를 들어주기 위해 일부러 시간을 할애했고, 필요하다고 생각되면 조언도 해 주었다. 그런 헹크에게 마이꺼가 얘기해 주었다. 업무적인 관계일 때 간호사는 환자를 가장 잘 돌볼 수 있다고. 그건 가치의 문제라고도 설명했다.

"당신의 가치는 성경의 〈시편〉을 노래하거나 환자의 손을 잡는 데 있는 게 아니라, 그들을 간호하는 데 있는 거예요. 그러니 간호사가 되세요."

헹크는 귀를 기울이고 고개를 끄덕였지만, 여전히 하던 대로 했다. 어떻게 스스로 자신을 벗어날 수 있겠는가? 적어도 헹크 판 도른에겐 불가능한 일이었다. 그래서 그는 맹인 작가에게 보르헤스의 시를 읽어 주었다. 파킨슨병 때문에 혹은 두려워서—어쩌면 두 가지 모두의 이유에서—떨고 있는 목사에게 〈시편〉

을 노래해 주었다. 그는 곧 증조할머니가 될 죽어가는 여인의 부탁으로 그녀의 손자가 입을 스웨터를 뜨개질했다. 그 모습을 본 마이꺼는 고개를 내저었지만, 그를 내버려두었다. 그녀는 자신이 해야 할 말을 분명히 전달했다고 생각했고, 그걸로 충분하다고 여겼다.

"뜨개질 코, 고무신 코, 코끼리 코, 매부리 코…."

셰리 세 잔을 마신 후 그녀는 헹크에게 산책을 제안한다. 비좁은 건물 복도를 보행기에 의지해 발을 끌며 걸어가는 마이꺼 뒤를 그가 따라간다. 그녀는 이곳저곳에서 짧은 얘기를 주고받고 또 그렇게 계속 발걸음을 옮긴다. 마침내 두 사람은 그녀의 방에 도착한다. 그녀는 헹크에게로 돌아서더니 그의 바지 단추를 풀기 시작한다.

"오, 너무 흥분돼요…. 빨리, 빨리, 빨리, 헹키보이…."

헹크는 잠시 그녀를 내버려두지만, 곧 그녀의 양손을 꼭 쥐고 자신의 배 위에 올려둔다. 그녀는 의아한 듯 그를 올려다본다.

"마이꺼, 내 친구."

그의 목소리를 들은 그녀는 그가 무엇을 말하려 하는지 알아챈다. 어두운 눈동자에 눈물이 샘솟는다. 그녀의 시선은 계속 그를 향하고 있고, 그는 그녀의 두 손을 꼭 쥐고 있다. 그렇게 두 사람은 한동안 서 있다. 그녀의 삶의 역사를 그녀는 거의 기억하지 못한다. 그것을 모두 기억하는 건 그이다. 그녀는 자신의 병 때문에 그 순간의 짧은 기억에 묶여 있을 뿐이다. 그녀의 눈 속에 비친 *망각의 심연*은 너무도 깊다. 어느새 그녀는 눈물의 이유를 망각하고, 눈물은 다시 마르고 있다. 그리고 그는—이런 생각을 하는 것이 처음은 아니다—잠시 생각에 잠긴다. '뭐가 더 힘겨운 걸까? 잊어버리는 것 아니면 기억하는 것?'

* * *

그것은 때때로 그녀가 하는 행동이다. 그녀는 그에게 키스를 하거나 그의 가랑이를 붙잡거나 그의 한 손을 잡아 그녀의 여윈 가슴 위에 올려놓기도 한다. 가끔씩 그녀는 카페나 홀 같은 공공장소에서 그런 행동을 하기도 하고, 그녀의 파괴된 뇌에 예의범절의 기둥 몇 개가 남아 있는 듯 보이는 그런 날엔 지금처럼 그녀의 방으로 그를 데려가기도 한다. 헹크는 그녀의 행동에 최대한 부드럽게 대처한다. 그는 그녀에게 고통을 주고 싶지 않다. 그녀가 슬퍼하거나 부끄러워하는 걸 바라지 않는다. 더욱

이 마이꺼의 행동은 겉으로 보이는 것처럼 그리 당황스러운 것도 아니다. 헹크와 마이꺼는 한때 바람을 피운 적이 있다. 그렇기에 섹스는 이들에게 생소한 영역이 아니다. 불륜이 끝난 지는 오래됐지만, 그들 사이에는 모호하지만 의식적인 육체적 긴장감이 언제나 존재한다. 이제 마이꺼의 억제가 사라졌고, 그 옛날 감정이 다시 표면으로 떠오르고, 고삐는 풀어졌다. 그녀는 그의 성기를 부여잡고, 그녀의 혀를 그의 입속에 밀어 넣거나 그녀의 가슴에 그의 손을 올려놓는다. 예전에 그가 헤어 나올 수 없었던 그 여성은 이제 거의 사라져버렸지만, 그럼에도 불구하고 헹크 역시 성적 긴장감의 잔재를 아직 느끼는 것이 사실이다. 때때로 그의 성기는 그녀의 행동에 반응해 부풀어 오른다. 이것은 부분적으로는 반사적인 반응이지만, 또 부분적으로는 다름 아닌 바로 이 여인에 대한 반응, 더 정확히 말하자면, 이 여성에 대해 그가 기억하는 것에 대한 반응이다. 이들은 상황에 따라 일주일에 서너 번 성관계를 가졌었다. 차 안이나 사람이 없는 연구실, 발각될까 하는 두려움에 휩싸인 채, 대부분은 서두르며 종종 불편한 상태로 그리고 죄책감에 사로잡힌 채 성관계를 가졌다. 그들은 둘 다 행복한 결혼생활을 하고 있었고, 바로 이 사실이 그들을 힘들게 했다. 그들은 배우자를 진심으로 사랑했고, 다른 사람과 바꿀 생각이 전혀 없었지만, 그럼에도 그들은 불륜관계에서 벗어날 수 없었다. 그들은 유약했다.

그녀를 흥분시킨 건 무엇이었을까? 그는 늦은 오전의 무더위 속에서 땀을 흘리며 서둘러 집으로 발걸음을 옮긴다. 흔들리는 비닐봉지가 허벅지에 부딪힐 때면 가끔씩 치즈냄새가 올라온다. 황홀함과 역겨움의 경계에 있는, 진하고 관능적인 냄새. 어쩌면 그것 때문에 그의 생각은 빌런에게로 서둘러 향하지 않고, 아직까지도 마이꺼 생각에 머물러 있는지도 모른다. 무엇이 그녀를 흥분시켰을까? 또 무엇이 그를 자극한 것일까? 마이꺼는 자유분방한 섹스에 대한 헹크의 꿈을 실현시켜 주었다. 리디아와의 성관계는 좋았지만, 그들의 관계가 일정한 틀을 벗어날 수 없는 듯 보였기에 한편으론 제한적이기도 했다. 물론 리디아에게 몇 가지 제안을 할 수도 있었을 것이다. 이것을 원하는지 저것을 원하는지, 간호사 같은 차림을 원하는지. 그녀가 동의할 수도 있었을 거라 생각하지만, 그는 결코 묻지 않았다. 왜 그렇게 하지 않았을까? 성적인 모험은 위험하기 때문이다. 그것은 그들의 관계를 결코 돌이킬 수 없게 변화시킬 것이며, 새로운 미지의 세계를 드러내게 했을 거다. 심지어 그가 상처를 주거나, 더 이상 관계를 지속하기 힘든 상황도 생길 수 있었다. 마이꺼와의 관계에는 그런 위험이 없었다. 그녀는 안전한 영역이었다-그가 원하는 것은 무엇이든 할 수 있는 현실의 평행세계였다. 자유분방한 섹스-내면 깊은 곳에서 표면으로 분출되는, 이 세상 가능한 모든 에로틱한 환상에 몸을 맡기고 싶은 오랜 꿈. 그러한 욕망을 그에게 불러일으킨 것이 바로 마이꺼였다는 건, 그들의 나이 차이와 연관이 있었다. 그녀는 그보다 열여덟 살이나 많았고, 이러한 차이는 자연스럽게 그들의 관계를 비정상적인 영역으로 데려갔다. 그녀의 육체는 그를 흥분시켰다. 그녀가 연상이었기 때문에. 그리고 그것이 그에게는 낯설었기 때문에. 그녀의 세월을 그는 보았다. 출산의 흔적을 보았고, 두 번의 결혼과 연인들의 발자취를 보았다. 복부의 튼 살과 부드러운 새살, 근육의 위축, 간단히 말해, 여성으로서의 인생의 흔적을 보았다. 그것은 그 어느 것에도 더 이상 놀라지 않을 몸이었다.

땀을 흘리며 바삐 걷고 있던 헹크는 갑자기 놀라운 디테일을 기억한다-마이꺼는 속옷을 착용하지 않았었다(실제로 '착용'이라는 단어가 맞는 것이, 요양원에서 그녀는 편의상 기저귀를 착용하고, 그것을 속옷으로 간주한다). 헹크는 그것을 아주 매력적인 습관이라고 생각했었다. 물론 속옷을 입는 것과 입지 않는 것은 아주 작은 차이였지만, 그 차이는 그를 뜨겁게 달아오르게 하기에 충분했다. 그가 마이꺼와 함께 있을 때면 그는 그녀의 나체에 한걸음 가까이 있었던 것이며, 그녀의 전라가 그에게 제공하게 될 모든 것에 가까이 있음을 알았다. 그는 단지 그녀의 유니폼 단추를 풀기만 하면 되었고, 그녀는 그의 앞에서 완전한 나체로 서 있었다. 그는 무릎을 꿇고 그녀의 음모에 얼굴을 묻는 것을 좋아했다. 배 아래에 있는 풍성하고 어두운 색의, 놀랍도록 가느다란 삼각형 형태로 자라 있는 털이 항상 좀 우스꽝스럽게 보였지만, 그는 웃지 않았다. 그 전경 어딘가에 그녀의 질이 있었다. 그것은 그를 온전히 진지하게 받아들였고, 몇 달 동안 그의 세상의 중심이었으며, 그의 삶의 핵심이자, 그가 자연스럽게 향했던 곳이었다. 그리고 일단 시야에 들어오면 몇 분 이내에 그의 정자들의 목적지가 되었다.

그렇다면 마이꺼와의 섹스가 정말로 자유분방했던가? 물론, 그렇지 않았다. 현실은 환상이 허락하는 정도의 자유분방한 섹스를 허용하지 않는다. 마이꺼와의 섹스도 틀을 갖게 되었고, 그들의 관계가 지쳐 소진될 때까지 그 틀을 따랐다. 그건 다음과 같았다. 저녁 교대 후, 그들은 텅 빈 연구실에서 성관계를 가졌다. 평소와 같이 서두르며 별다른 장황함 없이 진행되었다. 그녀의 몸속에 그가 들어갔고, 그들은 1분 정도 리드미컬한 움직임을 하다가 거의 동시에 오르가슴을 느꼈다. 끝이었다. 반투명의 유리창을 통해 들어오는 복도의 형광등 불빛 속에서 그들은 옷매무새를 다듬었다. 마이꺼는 앞치마 단추를 여몄고, 리놀륨 바닥에 흘러 있던 정액을 휴지로 닦았다. 문으로 향하던 중에 둘은 서로 눈이 마주쳤다. 우연이었고 처음에는 스쳐가는 눈길이었지만, 이내 곧 서로를 유심히 바라보았다. 뭔가가 있었다. 그래, 분명히 뭔가가 있었다. 그것이 무엇인지 그들은 즉시 알아챌 수 있었다. 두 사람은 가만히 멈춰 섰다. 마이꺼는 그의 얼굴을 두 손으로 감쌌다. 그리고 말했다.

"헹크, 뜨거운 헹키, 만족했어요?"

헹크는 그녀의 두 손을 잡고 그의 입술에 가져다 대며 고개를 끄덕였다. 그리고 그것이 다였다. 그들은 순간 진부함을 느꼈고, 그날로 불륜은 끝이 났다. 그들은 서로의 눈에서 깊은 당혹감을 보았다. 그 연구실, 그 불빛 속에서, 성급하게 벗겨져 아래로 흘러내린 옷가지와 끈적끈적한 정액 덩어리. 이것들과 함께 지금 막 벌어진 일이 비참함으로 다가왔다. 자유로운 섹스에 대한 매혹적인 환상이 없었다면 그들의 불륜은 단지 고통스러움에 지나지 않았다. 그리고 일단 그런 생각이 들었기 때문에, 다른 것들은 눈에 들어오지 않았다. 지난 몇 달 동안 그들을 그토록 사로잡았던 것들을 위한 자리가 더 이상 존재하지 않았다.

그렇다고 정욕의 불씨가 완전히 꺼진 건 아니었다. 때로는 우연히, 때로는 강렬하게 그리움이 샘솟곤 했지만, 결코 과거로 돌아가진 않았다. 수년이 흐르며 그 에로틱한 불꽃은 애정의 감정으로 자리하게 되었다. 이것은 그들이 함께했던 과거가 만들어 준 감정이며, 그 누구도 알지 못하는, 그들만이 공유하는 과거였다. 가끔은 마이꺼가 그의 팔에 손을 얹기도 했다. 어떨 때는 헹크가 그녀의 어깨를 감싸기도 했다. 바로 그런 감정이었다. 몇 년 전 헹크는 리디아와 이혼할 거라고 얘기했고—그때까지는 자신이 아주 잘 버티고 있다고 생각했지만, 갑자기 눈물과 콧물을 쏟으며 무력한 상태가 되어 버렸다—마이꺼가 위로의 의미로 함께 자고 싶은지 물었을 때도 그는 자신의 슬픈 얼굴을 내저었었다.

그러나 이제 그녀는 모든 충동의 무력한 먹잇감이 되어 버렸다. 가끔 헹크는 그녀의 구애를 눈치 채고, 관심을 돌려 막아보기도 한다. 때로는 그녀에게 기습적으로 당할 때도 있다. 요양원 의사는 알츠하이머 환자들에게서 성적으로 억제되지 않는 행동들이 종종 발생하기도 한다고 설명했지만, 헹크는 이 경우 다른 어떤 이유가 있다는 걸 알고 있다. 이것은 단순히 교양이 통제력을 잃었을 때 발생하는 무의미한 욕정이 아니라, 삶의 역사, 그들의 지난 과거와 관련된 것이었다. 그렇기에 부드럽게 상황을 정리하기 전에, 그는 잠시 동안 그녀를 그렇게 놓아둔다.

집에 도착한 그가 계단을 올라간다. 땀에 젖은 셔츠가 배와 등에 쩍 달라붙지만 그는 신경 쓰지 않는다. 집안은 숨 막힐 정도로 덥다. 하지만 그 또한 그의 관심사가 아니다.

"빌런?"

* * *

빌런은 괜찮지 않다. 그가 물 한 그릇을 내려놓자, 그 개는 힘겹게 일어났고, 약간 목을 축이고는 다시 바구니로 들어가 몸을 누인다. 이 동물은 어렵게 숨을 쉬고 있다. 헹크는 두 손으로 개의 머리를 잡고 두 눈을 바라본다. 그 속에서 다시 낯선 존재를 발견한다. 반대로 말해, 개의 갈색 눈에는 그를 알아보는 반짝이는 눈빛이 보이지 않는다. 그 또한 이 동물에게 낯선 존재인 것이다. 강렬한 공포의 회오리가 몰려온다. 하지만 다행스럽게도 그의 내면에 있는 간호사가 주도권을 잡는다. 지금은 11시 53분. 길모퉁이에 있는 동물병원은 토요일에 정오까지 문을 연다. 그는 전화를 하고 곧 방문하겠다고 말한다. 그들은 기다리겠다고 약속한다.

"자, 빌런. 병원에 가자."

그는 양팔로 개를 안아 올린다. 그렇게 힘든 일은 아니다. 빌런은 통통한 고양이와 비교될 만큼 몸집이 그리 크지 않다. 이 개가 강아지였을 때 말고는 품에 안아 올린 적이 없지만, 개는 익숙하지 않는 이 상황에 별다른 반응을 하지 않는다. 그들은 계단을 내려가 길을 따라 걷다 오른쪽으로 향한다. 그늘을 찾아 걷다 보니 몇 분 후 수의사가 기다리는 동물병원에 도착한다. 헹크는 지난번 방문 때 만났던 나이 지긋한 이 수의사를 기억한다. 이 남자가 그를 기억하는지는 분명하지 않다. 의사의 눈길은 온전히 개한테로 향하고 있다. 빌런은 검진대 위에서 운명과 마주한다. 의사는 조용히 그를 진찰하며 몇 가지 질문을 던진다. 헹크가 대답한다. 그런 다음 의사는 아마도 빌런이 심부전을 앓고 있는 것 같다고 설명해준다.

"심부전은 심장이 더 이상 피를 처리하지 못하는…."

헹크가 그의 말을 끊는다. 심부전이 무엇인지 그도 알고 있다고. 의사는 고개를 끄덕인다. 그렇게 그들은 빌런 옆에 계속 서 있다. 빌런은 주변에 아무 관심도 보이지 않고, 계속 힘겹게 숨을 몰아쉬고 있다. 개는 주인의 눈을 찾지도 않는다. 단지 망가져가는 그의 심장을 부여잡고 누워 있을 뿐이다. 헹크는 사스키아 생각이 떠오른다. 심장은 뛰고 피가 흐른다. 그래, 아직은 괜찮아. 괜찮을 거야. 하지만 방금 의사는 머지않아 끝이 올 거라고 말했다. 헹크는 어깨를 뒤로 젖혀 본다.

"혹시 조언해줄 만한 게 있으신가요?"

"수분 배출에 도움이 되는 약물이죠. 이뇨제가 답답함을 줄여 줄 수 있을 겁니다. 추가적으로 체내 수분을 제한하고요. 물을 너무 많이 주진 마세요. 목이 많이 말라 하면 물 적신 스펀지로 입과 혀를 두드려 주세요. 그리고 쉬게 하면 됩니다. 특히 많이 더운 날씨에는요. 배설을 할 수 있도록 밖에서 산책도 하시고, 그렇다고 너무 오래 걷게 하지는 마세요."

의사는 꼿꼿하게 서 있다. 그를 보니 대리석으로 만들어진 고대 로마 철학자의 조각상이 떠오른다. 그는 부드럽고 호소력 있는 목소리로 차분하고 분명하게 말하지만, 그의 의식은 다른 곳에 가 있는 듯 보인다. 헹크는 이 남자가 이미 퇴근 생각을 하거나 휴무일의 여유로움이나 시원한 정원의 그늘이나 우표수집

혹은 손자를 떠올리고 있는 거라고 상상해 보지만, 갑자기 남자는 검진대 옆에 무릎을 꿇는다. 그의 얼굴 높이가 개의 높이와 비슷해진다. 그는 빌런의 머리를 쓰다듬는다.

"그랬구나, 녀석. 많이 답답하지? 분명히 우리가 할 수 있는 게 있을 거야. 그럼. 정말 잘 생겼네, 잘 생겼어. 멋져! 이 눈 좀 봐봐. 너무 예쁘구나…."

헹크는 할 말을 잃었다. 하지만 빌런은 검진대를 싸고 있는 파란색 인조가죽을 꼬리로 쓸어 훑는다. 남자가 빌런을 쓰다듬으며 말을 건넨 후에, 개는 별다른 저항 없이 투약을 받는다. 의사는 개를 치료하면서 동시에 설명을 이어간다. 이뇨제 외에도 빌런의 심장에 도움이 될 만한 약물이 있지만, 그런 약은 종종 부작용이 있기 때문에 장단점을 잘 살펴볼 필요가 있다고. 그는 약을 일단 시도해 보고, 어떤 효과가 있는지 확인한 다음, 그 결과에 따라 복용을 결정할 것을 제안한다.

"동의하세요?"

헹크는 고개를 끄덕인다. 잠시 후 의사는 그에게 약과 설명서가 든 비닐봉지를 건네준다. 이것으로 상담은 끝났지만, 두 남자는 개를 사이에 두고 가만히 서 있다. 아마도 이들에겐 아직 끝나지 않은 무언가가 있는 듯 보였다.

"열세 살이라고 하셨죠?"

"거의 열네 살이 다 되었어요. 한 8주 정도 되었을 때 분양받았어요. 일곱 마리 새끼들 중에서 우리가 선택할 수 있었는데, 녀석을 보는 순간 저는 완전히 반해 버렸어요. 녀석이 얼마나…, 어휴 정말…."

"예뻤죠? 사랑스러웠죠?"

"감동적이었어요. 생명력으로 가득 차 있었죠. 제가 무릎을 꿇고 녀석 머리를 쓰다듬으니까 바로 꼬리를 흔들더라고요. 꼬리도 얼마나 조그마하던지. 방금 선생님께 한 것처럼 그렇게 흔들었죠. 그래서 생각했어요…, 이건 좋은 사인이라고요."

"한동안은 살 겁니다. 심장이 회복될 수는 없겠지만 아직 시간은 남아 있어요. 몇 달은 더 살게 될지도 모르고요."

"예, 다행입니다. 감사합니다. 정말 감사합니다."

의사는 계속 개의 머리를 쓰다듬고 있다. 그의 손가락은 길고, 늘씬하다.

"제 아들이 개를 키웠었어요. 막스라고, 벨기에 양치기개였죠. 둘은 떼어 놓을 수가 없었어요. 막스는 잠도 요헴 방에서 잤죠. 그 개는 요헴이 언제 학교에서 오는지 정확하게 알더라고요. 마치 아주 먼 거리에서도 아들의 냄새를 맡은 것처럼 말이죠. 우리는 막스가 뭔가 이상하다는 걸 알아챘어요….”

남자는 마치 파리를 쫓아내듯이 얼굴 앞쪽으로 손을 휘저었다.

“나중에 제 아내가….”

헹크는 거의 반은 흘려들으며 생각한다. 빌런에게는 아직 시간이 있다. 몇 달. 더 살게 될지도 모른다. 시간…, 아주 어렸던 이 개는 처음 몇 달간 그를 알아가기 위해 최선의 노력을 다했고, 그런 모습이 그의 눈에 들어왔었다. 빌런은 어딜 가든 그를 따라다녔다. 헹크가 부엌에서 바쁘게 일하고 있거나, 테이블에 앉아 신문을 읽고 있거나, 텔레비전을 보고 있을 때도 그 개는 눈썹을 치켜 올리고 머리를 갸우뚱거리면서 그를 쳐다보고 있었다. ‘주인은 무엇을 하고 있는 걸까? 어떻게 내가 그의 행동을 이해할 수 있을까? 내가 어떻게 하길 바랄까?’ 주인을 알아가기 위해서 노력하는 이 개의 두뇌 속 작동을 헹크는 때때로 눈으로 볼 수 있을 것만 같았다. 그러니까 뇌 속 톱니바퀴들이 뱅글뱅글 돌아가고, 온갖 기계장치들이 똑딱똑딱 윙윙 움직이는 모습 말이다. 반대로 헹크 역시 그 어린 동물을 알아가기 위해 최선을 다했다. 그는 개의 시선, 귀의 높낮이, 꼬리의 움직임, 등의 라인, 걸을 때 딴짓하는 정도, 식욕, 소변과 배변의 패턴과 루틴을 읽는 법을 배웠다. 그렇게 이들은 서로에 대해 알아갔다. 서로의 눈을 들여다보며, 알아야 할 정보를 읽어내는 법을 배웠다. 헹크는 그 눈 속에 완전히 매료되어 버렸다. 그는 '배가 고프다, 똥 누고 싶다, 덥다, 산책하고 싶다, 돼지 귀 과자'를 읽었다. 그는 개가 감정적인 존재라는 걸 깨달았다. 그는 슬픔, 기쁨, 부끄러움, 괴로움을 보았다. 감정적인 존재는 음악적인 존재다. 그는 모차르트의 음악을 틀어주고 그의 눈을 보았다. 아무런 반응이 없었다. 아니, 반응이 있긴 했다-돼지 귀 과자. 헨델-무반응. 비틀즈-무반응. 프랭키 고즈 투 할리우드Frankie goes to Hollywood-무반응. 그런데 〈엘리제를 위하여〉에는 갑자기 반응이 왔다. 첫 음률이 나오자마자 빌런은 머리를 비스듬히 푹 숙이고, 눈썹을 치켜들고는, 쥐 죽은 듯 가만히 앉아 있었다. 이 동물은 무엇을 들은 것일까? 헹크는 알 수 없었다. 하지만 날카로운 질투심이 그를 스쳐갔다. 마치 이 선율을 처음 듣는 사람들처럼 녀석도 그렇게 이 음악을 감상할 수 있구나. 그 개는 마지막 선율이 사라질 때까지 움직이지 않고 앉아 있었다. 그리고 음악이 끝난 후 깊은 한숨을 내쉬고는 되돌아가 누웠지만, 그 여운은 여전히 남아 있는 듯 보였다. 어쩌면 혼란스러워하고 있는 것도 같았다. 보통은 인간에게서만 활성화되는 뇌신경섬유가 개의 뇌 깊숙한 곳에서 자극받았기 때문일지도 모른다.

그날 아침 빌런이 다시 그에게 낯선 존재처럼 느껴졌을 때, 또 그가 빌런에게 그런 존재가 되었을 때, 그들의 관계, 그들의 과거, 그들이 함께 한 모든 시간들이 지워진 듯 보였다. 그건 마치 그가 좋아하는 책을 집어 들었는데, 갑자기 전혀 다른 텍스트를 읽게 되는 것과도 같았다. 이러한 낯섦을 즉시 아픈 것과 연관시킬 수 있었던 건 헹크가 하는 일과도 관련이 있었다. 그는 이러한 현상을 병원에서 목격했었다. 그는 건강하고 활기 넘치는 사람이 침대로 향하는 모습을 보았다. 그리고 건강하지 않은, 심각하게 다치거나 병들어 거의 생명을 잃은 사람이 그 침대에 누워 있는 모습을 수천 번 보았다. 조심스럽게 다가가는 발걸음, 두 눈에 비친 두려움, 침대 속 낯선 존재를 발견했을 때의 충격. '이 사람이 정말 내 아내인가요?' '정말 우리 아버지인가요?' 최악의 경우는 '저기 누워 있는 게 제 아이인가요?'이다. 그들은 천천히 침대로 다가갔다. 이 건강한 사람들은 마치 어둠 속을 더듬듯 한 손을 뻗어 그 낯선 이를 만졌다. 팔뚝을, 어깨를, 가슴을, 이마를 조심스럽게 쓰다듬었다.

"제 아들이 개를 키웠었어요."

헹크는 다시 집으로 돌아왔다. 빌런이 바구니에서 잠들었을 때, 그때서야 비로소 수의사의 이야기가 그의 뇌리를 관통한다. 그 아들은 죽었다. 그 남자가 말을 마쳤을 때, 내려진 병의 진단에도 불구하고 헹크는 고개를 끄덕이고, 다시 한번 감사를 표하며 안도했었다. 아직 시간이 남았다고 의사는 말했다. 빌런을 안고 병원을 나오던 헹크가 출입구에서 다시 몸을 돌려 의사를 바라봤을 때, 남자는 여전히 검사대 옆에 꼿꼿하게 서 있었다. 그제야 헹크는 그가 본 것을, 그가 실제로 본 것이 무엇인지를 깨달았다. 아들을 잃은 아버지. 그리고 그 깨달음과 함께 그는 빌런을 바라본다. 그리고 생각한다. 마이꺼를, 리디아를, 사스키아를, 아랫집 남자를, 오늘 아침 만난 정신없던 그 여자를, 로사를, 프레이크를, 책방 주인을, 며칠 전 정육점에서 본 강렬한 빨강색 셔츠의 남자를, 초등학교 친구를, 오후의 열기 속에 시골 카페로 들어와 카운터에서 받아 든 차가운 적포도주 한 잔을 단숨에 들이켜던 포르투갈 농부를, 연식이 오래된 구형 자동차를 몰던 초등학교 1학년 때 선생님을.

어쨌든, 끝없는 얼굴들이 스쳐 지나간다. 그는 헹크 판 도른을 포함해 그 누구도 피할 수 없는 죽음이란 것에 대해 깊이 생각하며 그들을 되새긴다. 죽음. 삶이 끝나는 것. 아니. 그건 헹크가 원치 않는데도 삶이 끝나는 것이다.

* * *

헹크는 철학을 좋아한다. 그중에서도 니체를 가장 좋아한다. 특히 그는《삶을 위한 역사의 선용과 오용》에 애착을 가지고 있다. 그 책은 기억의 이상적인 무게에 관한 것이다. 과연 어느 시점에서 기억이라는 것이 무용지물이 되는지 니체는 묻고 있다. 어려운 질문임에 분명하다. 하지만 헹크는 크게 신경 쓰지 않는다. 그는 그 책을 세 번이나 읽었지만, 잘 이해하지는 못했다. 그럼에도 명쾌한 정신과 함께하고 있다는 그 느낌이 항상 흥분되게 만들었고, 그 느낌으로 책을 읽었다. 가끔 책의 문장들이 떠오르기도 했다. 바로 몇 시간 전 요양원에서, 마이꺼가 *순간의 짧은 기억에 묶여 살아간다*는 것을 알았을 때처럼. 니체는 치매 환자에 관해서가 아니라 동물에 관해서 이 표현을 썼다. 동물은 과거나 미래를 보지 못하고, 시간의 울타리 사이에 갇혀 살기 때문에 이전에 어떤 일이 있었는지, 앞으로 어떤 일이 뒤따를지 알지 못한다. 아주 어린 아이들도 마찬가지다. 그것은 행복한 상태이긴 하지만 오래가지는 못한다. 니체에 따르면, *그 아이가 '있었다, 했었다, 그랬었다'라는 단어들을 배우게 되면, 너무 일찍 그 망각에서 깨어나기 때문이다.* '있었다.' 옛날 옛적에 가난

한 재단사, 사랑스러운 소녀, 목수, … ㅇㅇㅇ가 있었다. 빈자리엔 어떤 단어든 넣어 볼 수 있다. 헹크는 생각한다. 니체는 우리 부모님이 이야기를 읽어주기 시작하는 그 순간부터 우리의 인생이 흘러가는 시간 속으로 던져지는 것이라고 말하는 것일까? 그래, 이야기라는 것이 시간 덕분에 존재하는 건 맞다. 시간과 관련된 순서에 따라서, 어떤 일이 일어난 다음 또 다른 일이 일어난다. *예전에 그랬지.* 그리고 우리는 거대한 시간의 흐름 속으로 풍덩 들어오게 되는 것이다.

우리 인간이 어떻게 이야기에 몰입하고 있는지 헹크는 그 누구보다도 잘 이해하고 있다. 그는 로사에게 이렇게 말한 적이 있다.

"한번 봐봐. 우리는 신문이나 잡지, 텔레비전, 소셜미디어를 통해 이야기를 하잖아. 친구들과도, 빵집이나 택시에서도, 법원과 시의회 혹은 국회에서, 강의실이나 교실에서, 사무실에서도 그리고 뭔가를 설득하고 싶을 때도 우리는 이야기를 하지. 우리의 지식은 이야기로 구성되어 있어. 우리의 기억은 곧 이야기인 거야. 우리의 계획도 이야기고. 그리고 로사, 우리가 누구인가 하는 것도, 결국은 이야기인 거야. 즉, 우리는 우리 자신이 만든 이야기 속에 살고 있다고 할 수 있지. 나를 예로 들어볼게. 나는 헹크라고 하고, 56세이고, 크리스마스 전날 57세가 될 거야. 나는 암스텔베인에서 태어났어. 그곳은 시골마을도 아니고 도시도 아니고 그냥 그 중간쯤 되는 크기야. 그곳은 특별할 것이 없었지만, 내가 그곳에서 자랐기 때문에 평범했던 그 장소가 내게는 특별한 곳으로 변한 것이지. 우리는 공놀이를 했어. 학교 운동장에서 축구를 했지. 우리는 체육관 뒤의 버려진 자전거 창고에서 불을 피웠어. 타고 남은 재의 냄새가 아직도 기억나. 내 어머니는 주부였어. 아버지는 화학 교사였는데, 가끔씩 몸에서 이상한 냄새가 났어. 나는 세 형제 중 둘째야. 맏형은 죽었는데, 나는 여전히 그것에 대해 이야기하는 게 힘들어. 내 막냇동생은, 그러니까, 네가 잘 아는 그 사람이야. 그는 아이가 둘인데, 너와 네 남동생 팀이지. 나는 중환자실 간호사야. 난 내 일을 사랑하고 잘하고 있지만, 때때로 내가 보는 모든 슬픔이 내 피부에 내려앉아서 더 빨리 늙어갈까 봐 두려워. 말도 안 되는 생각이지만. 내 키는 186센티미터이고, 몸무게는 91킬로그램이야. 내 비엠아이BMI는 26.3으로 많이 높지만, 아직 비만은 아니야. 영양센터의 의견에 따르면, 내가 몇 킬로그램을 뺐기 때문에 건강상으로는 좋은 사인이라는 거지. 나는 행복한 싱글이야. 이건 판에 박힌 상투적 표현이긴 하지만, 그래도 설명을 해야 하니까.

그러니까, 요점은 말이야, 리사, 이야기가 우리의 이해와 통찰의 기본 형태라는 거야. 이해와 통찰의 건축술이라고 할까. 이야기가 없다면 세상은 무의미한 부분들로 무너져버릴 거야. 세상이 유지될 수 있도록 이야기를 하는 건 우리의 능력이지. 상상력 덕분에 우리는 무에서 유를 만들어 가잖아. *'예전에 그랬지'*라고 하면서 말이야."

니체는 이러한 문제에 전혀 관심이 없었지만, 이상적인 기억의 무게에 대해 궁금해했고, 동물에겐 기억이 존재하지 않는다고 생각했다. 헹크는 그 말에 동의하지 않는다. 바로 빌런 때문이다. 빌런은 의심의 여지없이 기억을 가지고 있다. 그는 과거에 대한 지식을(바구니가 있는 곳, 그의 밥그릇, 장난감, 그의 이름이 무엇인지, 헹크가 누구인지, 헹크의 목소리가 어떤지를) 기억하며, 미래에 어떤 일이 있을지를(산책과 저녁식사가 기다리고 있고, 헹크가 아침에 계단을 내려올 때 어떤 냄새가 날지를) 상상할 수 있다. 니체는 동물(인간을 제외한)은 순간만을 알기 때문에 단순한 행복감을 느낄 거라고 가정했다. 헹크는 바로 그 지점에서, 풍부한 감정을 소유한 한 생명체를 본다. 빌런은 행복하고, 쾌활하고, 흥분하고, 화를 내고, 겁을 먹고, 슬퍼하고, 우울할 수 있다. 빌런은 음악을 좋아한다. 〈엘리제를 위하여〉를 좋아한다. 그는 또 구스타프 말러(〈죽은 아이를 그리는 노래〉)와 좀 이상하긴 하지만 조지 베이커 셀렉션(〈하얀 비둘기〉)을 좋아한다.

이건 바로 토요일 오후 한 시경에 헹크와 빌런의 삶에 일어난 일이다. 헹크는 진열장으로 걸어가 〈엘리제를 위하여〉가 수록된 CD를 꺼낸다. 플레이어에 넣고, 빌런을 바라본다. 빌런은 바구니 속에서 처음엔 귀를 쫑긋 세우더니 그다음엔 눈을 크게 뜬다. 고개를 갸우뚱하지는 않는다. 그의 머리는 바구니 가장자리에 얹혀 아주 안정적인 자세를 취하고 있기 때문이다. 그럼에도 빌런의 왼쪽 눈썹은 삐죽 치켜 올라가고, 그래서 헹크는 이 개의 마음을 읽을 수 있게 된다.

아직 시간이 있다고 헹크는 생각한다. 아직 행복하고 즐겁고 비할 데 없이 멋진 삶의 시간이 남아 있다고.

* * *

그러니까 시간은 오후 한 시쯤이고, 헹크는 부엌과 거실 사이에 놓인 식탁에 앉아 진한 커피를 마시고 있다. 그가 절제해야 하는 설탕 시럽을 약간 곁들여서. 아직 반나절밖에 지나지 않았지만, 하루가 다 지난 것 같은 느낌이다. 숨 막히는 더위에 어울릴만한 무거움이 집 안에 깔려 있다. 그는 약간의 상쾌한 공기를 기대하며 맞바람이 치도록 창문을 열어 둘 수도 있겠지만, 집 안의 무거움이 그의 행동마저 붙잡았기 때문에 엄두를 내지 못한다. 커피는 아무 도움도 되지 않는다. 피곤함이 더욱 무겁게 몰려온다. 베토벤이 성가시게 느껴진다. 피곤해서 나타나는 결과다. 뇌는 더 이상 복잡한 음들을 처리할 수 없고, 소음으로 분산시켜 버린다. 그래서 헹크는 고요함을 원하고, 그 마음이 너무도 절실해 피곤한 몸을 억지로 일으켜 음악을 끈다. 뒤따르는 고요함이 곧이어 돌길 위를 지나가는 자동차 소리에 흡수되어 버린다. 그는 조개껍데기 위로 바닷물이 밀려드는 소리를 떠올리고, 콘월에서 보냈던 휴가를 생각하고, 썰물 때만 걸을 수 있던 해안가를 떠올린다. 플라스틱 쓰레기, 포장지, 음료수 캔, 장갑, 병, 밧줄이 종종 해초와 얽혀 있었고, 그것들 대부분 화려한 색깔을 띠고 있었다. 그 장면이 놀랄 만큼 아름다웠기에 그는 수십 장의 사진을 찍었고, 프린트로 출력해서 액자에 넣고 일렬로 걸어 두고 싶었다. 예를 들면 계단 옆 같은 곳에. 하지만 그는 그런 일에는 몹시 게을렀고, 아직까지도 실행에 옮기지 못하고 있다. 차가 지나가자 아랫집 텔레비전의 웅웅거리는 소리가 들려온다. 그는 한숨을 내쉰다. 자신에게 방해가 되지 않고, 침묵을 대신할 수 있는 음악을 찾기 위해 손가락으로 진열장을 훑어간다. 그리고 조지 베이커 셀렉션에서 멈춘다.

태양이 산 위에서 빛날 때
어둠이 사라졌어요.
새날이 밝았고 새 길이 열렸어요.
그리고 난 태양까지 날아갑니다.

빌런은 반응하지 않는다. 헹크는 약간 실망하지만, 사실 안도감이 더 크게 느껴진다. 이 개는 평생을 일정한 시간에 규칙적으로 그래왔던 것처럼, 깊고 평화로운 잠에 빠져 있다. 큰 비극은 일어나지 않았다.

그는 다시 앉아 남은 커피를 마신다. 그 CD는 예전에 리디아가 산 것이었다. 그리고 이혼 후에는 빌런 때문에 헹크가 가져왔다. 리디아는 그가 아는 가장 똑똑한 여성 중 한 명이다. 그녀는 계산 복잡도 이론 교수이고, 23세에 이미 (자유민주국민당[6]의) 루르몬트 시의원이었으며, 영어와 프랑스어, 스페인어를 유창하게 구사할 줄 안다. 하지만 그녀의 취향은 끔찍하리만큼 세

련되지 못하다. 그녀는 조지 베이커 셀렉션을 좋아한다. 또 보니엠Boney M.과 아바Abba와 알파빌Alphaville을 좋아한다. 〈프렌즈Friends〉와 〈볼드 엔 뷰티풀The Bold and the Beautiful〉 같은 드라마 시리즈를 좋아한다. 그녀는 전자레인지용 즉석식품과 무알콜 맥주를 좋아한다. 그녀는 앙고라 니트와 스팽글을 좋아한다. 그녀는 야한 란제리를 좋아하고, 그런 취향을 좋아할지도 모르는 미국인과 재혼했다. 하지만 지금 헹크에게 떠오르는 이미지는 불쾌한 것들이다. 어쨌든 처음에는 세련되지 못한 그녀의 취향을 매력 포인트라고 생각했다. 그는 사랑에 빠졌다. 사랑에 빠진다는 것은 일종의 환상이며, 헹크도 그것에서 빠져나올 수 없었다. 리디아의 취향은 시원시원한 정직함을 보여주고, 사회를 위해 목소리를 낼 수 있는 용기 그리고 그녀가 틀에 박히지 않았음을 증명해 준다고 그는 자신을 설득했었다. 그녀는 독립적이고, 자유로운 영혼이었다. 그리고 그런 모습이 그에게도 영향을 미쳤다–그녀는 그가 만들어 놓은 문명화된 질서를 어지럽혔다. 그가 자신의 가치관을 재평가하고, 다시 고민하고, 재조정하도록 강요했다. 그리고 이성적인 사람이라면 그것을 반대할 수도 없었다. 하지만 사랑에 빠진 감정이 희미하게 옅어지면서 그의 환상은 사라져갔다. 그는 짜증이 나기 시작했고, 짜증을 없애기 위해 그녀를 이해해보려고 노력했다. 그는 그녀에게 질문했다.

"왜 그런 음악을 좋아해? 가령 〈하얀 비둘기〉 노래의 매력은 뭐야?"

리디아는 그에게 도움을 주지 못했다. 그녀는 그의 질문을 그냥 팽개쳐버렸다.

"도대체 뭐가 문제인데? 그냥 그 노래가 좋아. 그게 뭐 어때서?"

"그게 뭐 어떠냐고?"

헹크는 대꾸하기 시작했다.

"그게, 그러니까, 나한테는 분명하게 보이거든. 내 말은 말이야, 맙소사, 당신도 한번 들어봐. 그 둔한 리듬과 피콜로 소리 그리고 가사도, 정말이지…, 들어보면 당신도 바로 이해할거야."

하지만, 그렇지 않았다. 그녀는 전혀 이해하지 못했다. 그리고 그는 그것을 그녀에게 설명해 주지 못했다. 바로 그것이 중요한 포인트였다-그는 그녀에게 설명해 줄 수 없었다. 그녀는 설명 없이도 그걸 이해할 수 있어야 했다. 군말이 필요 없었다. 하지만 그녀는 이해하지 못했고, 그래서 그는 그녀에게 설명해 줄 수가 없었다. 그렇게 수렁의 문이 열렸고, 결국 그들의 결혼생활 전체가 그 수렁 속으로 사라져버렸다. 우리가 사소하다고 말하는 것들은 바로 그런 것이기 때문이다. 처음부터 윙윙 잡음을 내는, 하지만 당신이 묵과하고, 합리화하는 그 사소한 것들. 어렵사리 그것들을 표출하기 위해 선의의 논쟁으로 가게 되지만, 당신은, 어떻게 하든 길들여지지 않을 것이고, 결국 결혼생활 전체가 잔인하게 파괴되는 것이다.

하얀비둘기

난하늘에 있는 한 마리 새일 뿐이죠.

하얀비둘기

산 위로 나는 날아갑니다.

누구도 나의 자유를 빼앗을 순 없어요.

정말 형편없는 음악이다. 그는 일어서서 CD를 오디오에서 꺼내 부수고 산산조각 내서 불태워버려야 했다. 그리고 진혼곡을 부르며 그의 결혼의 무덤 위에 그 재를 뿌려야 했다. 하지만 그는 그렇게 하지 않는다. 빌런 때문에-어쩌면 이 음악이 잠자는 동물에게 도움이 될지도 모른다는. 게다가 그는 너무 피곤해서 다시 일어설 수도 없다. 기름처럼 끈적이는 그의 기분은 파도가 되어, 새롭고도 암울한 어떤 생각을 싣고 황량한 헹크의 삶 해

변으로 밀려오지만, 그는 너무 피곤해서 저항할 수가 없다. 그 생각은 이렇게 말한다-리디아. 믿을 수 없을 만큼 끔찍한 여자다. 정말로. 그녀는 아무런 부끄럼 없이, 풍자나 반어법도 아니고, 심지어 일말의 심사숙고도 없이 정말로 그런 음악을 좋아한다. 이런 경우에 그 사람의 성격이 어떻다고 말할 수 있을까? 별로 좋지 않다고 할 수 있겠지. 그의 생각은 이제 하이에나 무리처럼 목표물을 향해 달려들고 있다. 그가 한때 그녀를 사랑했다는 게 이상한 일일 뿐이다. 세상에, 도저히 상상조차 할 수 없는 일이다. 분명히 그는 완전히 다른 사람이었을 거다. 그럴 수밖에 없고, 그래야만 한다. 그렇다면 그는 어떤 사람이었나? 그는 스물일곱이었다. 몸은 날씬했고, 행동은 활기차고, 가벼웠다. 무엇보다 그가 일할 때면 결단력이 있는 듯한 인상을 주었지만, 실제로는 우유부단했다. 그는 중심이 없었고, 뚜렷한 주관도 없었으며, 모든 방향으로 표류했다. 그는 자신이 누구인지 알 수 없었다. 그는 텅 빈 존재였다. 즉, 그는 모든 것을 담을 수 있는 그릇, 모든 사람들이 자신을 표출할 수 있는 무대, 모든 사람들이 말할 수 있는 강단이었다. 그는 멍청이였다. 그래, 거의 그랬다. 바보 얼간이였고, 멍텅구리였다. 그런데 잠깐만. 그는 지금 자신을 폄하하고 있지 않은가. 이걸 의도한 건 아니다. 우리는 리디아에 대해 이야기하고 있었고, 리디아는 후진 음악과 거지 같은 드라마를 좋아하는 형편없는 여자였다. 아니 잠깐, 잠깐만 진정해보자. 리디아가 형편없는 여자였다는 건 사실이 아니다. 사실 그녀는 전혀 그렇지 않았다. 그렇다면 그녀는 어땠나? 그녀는 스물여덟이었고, 막 박사학위를 받았었고, 계획을 가지고 있었다. 그녀는 있는 그대로의(27세, 날씬하고 활기찬) 그를 사랑했다. 그녀는 그 남자와의 잠자리뿐만 아니라 결혼까지 원했다. 그리고 그는 그 여자를 있는 그대로 사랑했다. 남자는 여자와의 잠자리뿐만 아니라 결혼도 원했다. 그래서 그들은 결혼했다. 그들은 행복했고, 그는 그것을 아주 잘 기억하고 있다. 그리고 그들이 30대가 되었을 때, 그들은 여전히 서로를 사랑하고 있었고, 비록 그들이 더는 행복하지 않다고 하더라고 아이를 가지지 않을 거라는 것은 분명했다(주의. 이건 민감한 문제이고, 그래서 여기에서는 그냥 넘어가겠음). 그렇게 세월은 흘러가고, 강렬함은 무뎌져 가고, 긴밀함은 느슨해지며, 행복은 침식되어 만족으로 변해간다. 그렇게 되는 거다. 하지만 40대 중반에 그들은 갑자기 서로를 더 이상 사랑하지 않게 되었다. 그가 기억하는 건 그렇다. 그들의 사랑은 하룻밤 사이 갑자기 멈추었다. 그들 사이에는 일종의 공허함이 생겨났다. 텅 빈 황야 같은. 그런데 왜 그런 걸까? 왜 그들은 서로를 더 이상 사랑하지 않게 된 걸까? 그는 알지 못한다. 그는 그 이유를 궁금해 하지 않았고, 아마 그녀도 마찬가지일 거다. 그들이 서로를 사랑하지 않는다는 걸 알게 된 후에는 무엇이 잘못되었는지 궁금해 할 필요도, 그것에 대해 이야기할 필요도 없었다. 그 후에도 그들은 꽤 오랫동안 함께 살았다. 습관적으로 그리고 더 나은 안이 없었기 때문에, 다른 누군가가 다시 그들에게 관심을 가질 수 있다는 믿음이 부족했기 때문에. 어쨌든 그들이 원했기 때문에 더는 함께하지 않았다. 결국 그들은 적막함 때문에 헤어졌다. 아니, 적막함은 아니다. 그녀는 충분히 소란스러웠으니까. 여하튼 무의미함을 더는 견딜 수 없게 되었다. 그래, 그는 생각한다. 더 차분해졌고, 더 우울해졌고, 어떤 면에서는 더 현명해졌다. 그렇게 되면 결혼은 무너지게 된다-사랑에 빠진 감정은 사랑으로 피어나고, 애정이 되고, 우정이 되고, 당연함이 되고, 게으름이 되고, 짜증이 되며, 혐오가 되고, 분노가 되고, 무관심이 되고, 무의미함이 되고, 이혼이 된다.

음, 그러니까 대충 얘기하자면 그렇게 진행된 거다. 대충을 강조하는 이유는, 그것에 대해 진짜로 더 할 말이 있기 때문이다. 그러나 어쨌든 지금은 리디아에게 전화를 걸어야 할 때다.

그녀는 뉴욕이 아니라 마치 이웃마을에 사는 것처럼 바로 전화를 받는다.

"헹크."

그녀의 목소리가 들린다.

"어머, 반가워라."

"리디아. 안녕. 나도 반가워. 잘 지냈어?"

"잘 지내. 늘 똑같지 뭐. 방금 일어나서 아침식사하고 있었어. 여긴 밖이야. 옥상테라스. 당신은?"

"난 그냥 별로. 지금은 집이고. 당신한테 할 얘기가 있어. 해줘야 할 것 같아서. 당신 것이기도 했으니까. 그래서 그냥 전화해보자 하고 한 거야."

"돌려 말하지 말고. 뭐가 내 거였는데?"

"빌런. 빌런 때문에 전화하는 거야. 녀석이 아파."

그래. 그게 다다. 그는 빌런 때문에 그녀에게 전화를 한다. 분명히 그 이유다. 전화할 다른 이유는 전혀 없으니까. 이혼 이후 그들은 서로 대화할 이유가 전혀 없었다. 그들의 삶이 이젠 연결되어 있지 않을 뿐더러 그들 삶 사이에 남아 있는 거라고는 텅 빈 황야뿐이니까. 하지만 빌런은 여전히 그 황야 위를 뛰어다니고 있고, 그래서 빌런을 통해 그들은 아직 서로에게 다가갈 수 있다-서로의 목소리를 듣는다. 그리고 그 목소리가 불러오는 이미지들과 그 이미지들에 연상되는 기억들. 간단히 말해서, 그들은 한때 서로를 사랑했고, 이제는 사랑하지 않는다는, 정말 화날 정도로 복잡한 사실 그리고 빌런이 살아 있는 동안은 (그가 살아 있는 한!) 그것이 가능하다.

그 당시 그들은 함께 그 개를 선택했다. 리디아는 과로 상태였고, 삶의 템포를 늦추고 싶어 했다. 헹크는 개를 키우는 것을 제안했다. 동물들은 순간의 짧은 기억에 묶여 살아간다고 그는 설명했다. 동물들은 우리를 지금 이 순간 바로 여기에 있게 하고, 그게 정확히 당신이 필요한 거라고 말했다. 리디아는 푸들을 원했지만, 헹크는 그녀에게 쿠이커혼제를 보여 주였고, 그러자 그녀는 쿠이커혼제만을 원했다. 그들은 네덜란드 쿠이커혼제 연합 회장에게(그는 친절하면서도 약간 히스테리적이며, 대단히 큰 발을 가진 사람이다) 강아지를 샀고, 곧바로 그 동물을 사랑하게 되었다. 그 강아지는 깔끔하고, 여유롭고, 어른 둘만 사는 평화로운 집안을 온통 정신없이 휘저어놨지만, 문제 될 건 없었다. 그들은 귀여운 그 개의 얼굴을 사랑하게 되었고, 씰룩거리는 엉덩이를 보며 웃음을 터뜨렸고, 반짝이는 이빨에 감탄했고, 놀랍도록 부드러운 털을 쓰다듬었다. 그리고 결국 리디아를 치유한 건 템포가 아니었고, 그 개가 그녀에게 알려준 건 피할 수 없는 '지금 이 순간 바로 여기'도 아니었다. 그건 바로 그 동물이 보여 준 삶에 대한 열정이었다. 그것이 열쇠였다. 그녀는 그것에 의해 기분이 좋아졌고, 치유되었고, 다시 일을 하러 갔고, 또 집으로 돌아 왔으며, 미친 듯이 날뛰며 그녀를 맞는 어린 강아지의 반김을 받았다. 강아지는 그녀에게 달려와 몸을 구르고, 그녀의 늘어뜨린 긴 머리카락을 발톱으로 긁어대고는, 다시 등을 돌리고 어디론가 달려갔다가, 물어뜯다 만 돼지 귀 과자나, 생감자, 아니면 장난감을 가지고 다시 돌아왔다. 그러면 그녀는 기이한 고음의 목소리로 *"굿 보이! 아이고 착하지! 그래그래 내 새끼"* 하면서 모든 종류의 이상한 말들을 잔뜩 쏟아낼 수밖에 없었다.

"뭐? 어디가 아픈데?"

그는 6,000킬로미터 떨어진 곳의 그녀가 컵을 내려놓는 소리를 듣는다. 가벼운 탁 소리, 그게 전부지만, 그녀의 모습을 상상하기에 충분하다. 그녀는 비스트로 테이블의 대리석 상판에 컵을 내려놓는다. 그리고 갑자기 등을 곧추세워 앉으며, 앞으로 일어날 일에, 재앙이 될 말에 대비한다. 그녀 뒤편으로는 건물의 지붕들과 높은 빌딩의 광경이 펼쳐지는 것이 아니라, 책이나 텔레비전 시리즈 혹은 영화에서 보았던 그런 거리 풍경이 펼쳐진다. 그러니까, 그래, 〈택시 드라이버〉에서 트래비스가 매춘부를 데리고 가던 바로 그런 거리풍경, 한때는 멋진 곳이었지만, 이제는 낡은 집들, 발코니 난간의 화려한 철제 장식 그리고 아마도 나중에 추가적으로 설치된 듯 보이는 훨씬 더 튼튼한 철제 비상계단, 움푹 패고 찌그러진 알루미늄 쓰레기통, 쓰레기가 담긴 채 쌓여 있는 종이상자들, 깨진 아스팔트, 그 장면 속의 날씨는 너무 더워서, 여기저기 곳곳에, 현관에, 문 앞 돌계단에, 창문에 몸을 기대고 있는 남녀노소의 모습이 보이고, 푹푹 찌는 열기 속에서 아스팔트 냄새와 매연, 쓰레기의 단내가 풍겨왔다. 그리고 그 매춘부, 그러니까 그 소녀, 아이리스와 함께 걷고 있는 트래비스. 그리고 굽이 높은 빨간색 구두 위에서 비틀비틀 걷고 있는 아이리스. 맙소사. 그들은 함께 그 영화를 보았다. 집에서, 비디오로. 섹스를 한 후에. 그와 리디아가.

"심부전."

그들에게 더 이상 사랑이 남아 있지 않다는 걸 알았을 때, 그들은 좋게 헤어졌다. 가능한 일이었다. 아이 문제도 없었고, 재산도 문제되지 않았다. 하지만 빌런은 어려운 과제였다. 두 사람 모두 각자의 진정성 있는 이유로, 그러니까 그 개에 대한 사랑 때문에 서로가 빌런을 원했기 때문이다. 빌런에게 좋지 않을 거란 이유로 공동양육권을 포기했을 때 그것은 증명된 셈이다. 그렇다면 빌런은 누구와 함께 살아야 하는 걸까? 그 문제는 더 첨예해지기 전에 자연스럽게 해결되었다. 리디아는 뉴욕에 있는 코넬대학교의 제안을 받아들였고, 이혼 후 두 달이 지나고 미국으로 이민을 갔다. 그리고 그녀는 컴퓨터과학자이자 동료인 현재 남자친구 티모시를 만났다. 이혼 후 6개월도 채 안되어, 리디아는 브루클린에 있는 그의 집으로 이사했고, 지금 그 옥상테라스에서 아침식사를 하고 있다. 헹크는 가끔 생각한다. 결혼생활 마지막 몇 년 동안 아내의 긴장은 커져만 갔고, 그녀의 삶은 마치 팽팽하게 당겨진 새총의 고무와 같은 상태였고, 이혼서류에 도장을 찍자마자 그녀는 팽팽한 긴장감에서 자유로워져 마치 고무줄의 돌처럼 튕겨 나가 버렸다. 이혼 후 다소 모호했던 그 몇 달 동안 헹크는 가끔 그 새총 모습을 상상했다-리디아가 어떻게 소리를 내며 공중으로 날아갔을지, 머리카락을 휘날리며, 다리를 버둥대며, 가슴에는 조심스레 여행가방을 껴안고, 대서양을 건너 저 멀리 코넬로 가서 티모시의 품에 풀썩 착륙했는지를. 물론 말문이 막히도록 놀라운 일이었다. 두 사람 모두에게. 엉뚱하지만 해방감을 주는 장면이기도 했다-그는 이 장면이 떠오를 때마다 웃었다. 아니, 그냥 웃음이 아니었다. 그는 두 뺨에 눈물이 흘러내릴 때까지 웃었다. 멈출 수가 없었다. 몇 분 동안이나 배를 부여잡고 웃었다. 휘날리는 그 머리카락, 그는 딸꾹질을 하며 울었다. 버둥대는 그 다리, 그의 몸이 경련을 일으켰다. 그 여행가방 그리고 마침내 그는 소파에 반쯤 기대 누웠다. 그의 눈은 눈물로 글썽거렸고, 그의 얼룩진 얼굴은 퉁퉁 부어 있었다. 그는 너무 웃어서 댕기는 뱃가죽을 두 손으로 감쌌다. 완전히 탈진상태였지만, 그의 내면은 후련하게 정화되어 있었다. 슬픔과 수치심과 증오와 후회에서 다시 새롭게 태어나 남은 그의 인생을 시작할 준비가 되어 있었다.

"그래도 병원에서 뭔가 할 수 있겠지!"

"그렇기도 하고 아니기도 해. 약을 복용할 텐데, 그래도 완전히 낫는 건 아니야. 진행을 늦출 수 있는 거지. 그게 다야."

"진행을 늦춘다고? 무슨 진행? 걔가 죽을 거지만 지금 당장은 아니라는 말이야?"

진행. 젠장. 그는 의학 전문 용어(진행, 경과, 수술, 예후)가 동반하는 중립성이 의도처럼 심적 안정을 주는 것이 아니라("우리가 잘 컨트롤하고 있습니다. 우리는 우리가 하는 일을 정확히 잘 알고 있어요"라고 말해주는 게 아니라), 오히려 놀라게 한다는 것을 오래

전에 배웠음에도 불구하고(컨트롤한다고 말하는 건 명백한 거짓말이다. 그건 누구나 아는 사실이다. 그리고 의사나 간호사가 거짓말을 계속한다는 건 끔찍하고 이해할 수 없는 행동이다) 그는 벗어나지 못하는 듯 보인다. 그의 설명을 되짚는 리디아의 날카로움은 일종의 경고였다-이제부터는 신중하게 단어를 선택하라는.

"빌런 심장에 손상이 왔어, 리디아. 나이가 들어서. 심장근육이 약해졌고. 더 이상 피가 충분히 펌프질되지 않아. 어느 정도는 약으로 증상을 조절할 수 있긴 한데, 그래도 심장은 이제 회복이 안 돼. 그러니까 결국…."

"아니야, 헹크, 그건 안 되지. 그러면 안 되잖아!"

그녀의 목소리가 갈라졌다.

"어휴, 불쌍한 빌런…."

지금 그녀는 울고 있다. 헹크는 여자가 울면 어떻게 할 줄 모른다. 아니다, 그건 사실이 아니다. 간호사로서 그는 매우 능숙하고, 침착하고, 인내심 있고, 따뜻하게 대처할 수 있지만, 지금 울고 있는 리디아에게는 어떻게 해야 할지 모르겠다. 그는 리디아가 우는 걸 거의 보지 못했다. 그녀는 눈물이 많은 여자가 아니지만, 지금은 울고 있다. 그는 이렇게 상반된 그녀의 모습이 견디기 힘들다-늘 자신감에 차 있던 여자가 힘없고 무력한 존재로 무너져버린 이 변신을.

“괜찮아, 지금 죽어가고 있는 게 아니니까….”

실수다! 그는 말이 입에서 나오자마자 그걸 깨닫는다-그 말은 그가 느끼는 심각성을 배신하고 있다. 그는 허식과 진정성의 결핍을 보여주고 있다. 그는 그녀를 깎아내리고 있고, 그에 대한 대가를 치르게 될 거라는 걸 깨달았다. 그는 펜을 집어 들고는 개봉하지 않은 급여명세서 봉투에 원을 그리기 시작했다. 잠시 후 그의 말이 스며들 거고, 그녀는 분노할 거다. 아주 침착하고 세심하게 표현된 한두 문장이 그녀의 분노를 자극할 수 있다. 그녀는 그를 비난할 거다. 그가 빌런을 잘 돌보지 못해서 그렇다고 그녀는 말할 거다. 너무 늦게 병원을 찾았다고. 그녀는 가능한 그를 공격하기 위해 오래 묵은 상처를 끄집어낼 거다. 그녀는 그의 느긋함, 부족한 통제력과 과체중을 비난할 거다. 그녀는 그가 어리석게도 솔직하게 고백했던 그의 불륜을 탓할 거고, 그녀 자신의 불륜을 상기시킬 기회조차 주지 않을 거다. 그리고 결국은 그의 불임을 탓할 거다. 그리고 그건 사실이다. 그래, 아무리 고통스럽더라도, 이제는 말할 수 있다. 그의 정자는 질이 좋지 않다. 활동성이 부족하다. 그리고 그것을 비난하는 건 치명타가 될 것이다. 그의 어깨에는 죄책감의 철갑망토가 드리워질 거고, 그의 몸은 마비될 거고, 그녀는 계속 쏟아낼 거다. 그는 종이 위에 원을 그리고 또 원을 그리며, 앞으로 벌어질 일을 이미 감수하고 있다.

하지만 그녀의 태도는 완전히 다르다. "얼마나 더 살 것 같은데?"라고 묻는다. 그녀가 최선을 다해 명확하게 발음하려고 애쓰고 있다는 걸 그는 들을 수 있다. 그녀의 목소리가 떨린다. 그녀의 발음은 약간 새고 있다. 이곳저곳에서 단어가, 음절이 미끄러지고 있다. 마치 문장 전체가 얼어붙은 것처럼.

"나도 몰라. 의사도 정확히 알 수 없댔어. 몇 달. 더 살게 될지도 모르고."

"더 살게 될지도 모른다고?"

"나도 정말 몰라, 리디아. 의사가 한 말을 전했을 뿐이야."

"몇 달은 살 수 있을 거라고…"

"더 살 수도 있을 거야. 당신도 그 녀석을 알잖아. 항상 우리에게 서프라이즈의 연속이었잖아."

"그래, 맞아…, 아아, 빌런…."

그녀는 다시 울기 시작한다. 하지만 이번에는 조용히 진정되었고, 그래서 코 훌쩍이는 소리는 이제 들리지 않는다. 그녀는 슬퍼하고 있다. 그녀는 진정으로 슬퍼하고 있고, 헹크는 그

걸 고맙게 생각하고 있다. 한때 '피도'라고 불렸던 이 개를 그녀는 아직도 사랑하고 있다. 피도는 혈기왕성한 강아지였다. 그러니까, 책, 의자 다리, 신발, 재킷의 옷깃, 스카프, 전선, 식기 세척기 밸브, 찬장 모서리, 가죽가방, 양말, 쓰레기통에서 헤집고 꺼낸 물건, 빈 우유팩, 신문, 우편봉투, 플라스틱 포장재, 캔, 성냥갑 같은 것들을 마구 먹어 치웠다. 화를 내는 건 거의 불가능했다. *"아이고, 이 쪼그만 빌런 같으니라고"*라고 말하는 게 다였다. 점차 이 무력한 훈계가 그의 애칭이 되었다. "사랑스런 빌런, 말썽쟁이 빌런 이놈, 빌런 이 도둑놈 녀석…." 그리고 차츰 그의 애칭은 진짜 이름이 되었다. 그를 가리키는 정확하고 익숙한 이름, 빌런은 고유명사가 되었고, 피도는 잊히게 되었다.

"스스로 장난감을 치웠을 때 그랬지."

"보트에서 뛰어내렸을 때도."

"그래. 그 개구리밥 위에!"

"맞아, 그랬었지. 그리고 음악을 듣고 반응했을 때도."

"하얀 비둘기…."

"하늘을 나는 새처럼 자유로운…."

그녀는 웃는다. 아! 행크는 생각이 난다. 그 당시 그녀의 웃음은 중요한 이유였다. 스물여덟 살의 웃음, 그가 거부할 수 없었던 자유롭고, 거칠 것이 없던 그녀의 웃음. 어느 파티에서 그녀가 웃었고, 그는 고개를 들어 그녀를 바라보았고, 그렇게 시작된 것이었다. 도대체 왜, 그녀에 대한 그의 사랑이 멈춘 걸까? 어떤 사람에게서 내가 좋아하는 것들과 좋아하지 않는 것들을 나누는 것이 얼마나 유치한 건지 그는 왜 몰랐을까? 왜 리디아와 리디아가 아닌 것 중에 하나만 선택해야 된다고 생각했을까? 글쎄, 누가 알겠는가. 리디아의 말을 들으며 그는 생각한다. '누가 알겠는가. 그녀의 형편없는 취향을 두고 그녀를 사랑하게 된 이유라고 생각했던 건 그때의 내가 좀 더 현명했기 때문일지도.'

그들은 이야기를 나눴다. 전화기 너머로 사이렌소리, 거리의 소음, 비행기와 헬리콥터 소리, 비명소리 그리고 남자 목소리가 들린다. 전화기 반대편 헹크는 몸이 무겁고, 피곤하고, 덥긴 하지만, 입가에 미소를 띤 채 테이블에 앉아 있다. 몇 미터 떨어진 곳에는 빌런이 잠이 든 채 삶의 의지를 발산하며 끙끙 앓고 있다. 계속 뛰고 있는 심장 덕분에 그는 살아 있다.

* * *

해의 위치가 몇 도 정도 바뀌었고, 거실에 드리운 빛과 그림자의 모양도 변했다. 그는 이곳에서 살았던 지난 3년 동안 이 모양들에 익숙해졌고, 또 이 모양들로 시간을 정확히 유추할 수 있지만, 지금은 아니다. 그는 소파에 잠들어 있다. 그가 휴식을 취할 수 있도록, 그의 육체는 그의 '자아'와 분리되어 있다. 왜냐하면 이런 상태를 휴식이라고 부를 테니까-우리네 의식세계의 숨 막히는 압박으로부터 한두 시간 해방된 상태. 그렇기에 좀 더 자세히 헹크를 살펴볼 수 있는 좋은 기회이기도 하다. 이미 언급했듯이, 그는 제법 육중하고, 심하진 않지만 분명한 과체중이며, 키가 큰 남성이다. 그의 두상은 둥글고 짧은 회색 머리카락으로 덮여 있다. 지금은 감겨 있지만 감동을 받으면 눈물을 흘리기 시작하는 커다란 갈색 눈을 가지고 있다. 그의 눈썹은 풍성하고 짙은 갈색이며—원래 그의 머리색이기도 하다—그 움직임이 그에게 다양한 표정을 만들어 준다. 코는 작고 곧지만, 그의 인상에는 별다른 영향을 주지 않는다. 마지막으로, 그의 입은 설명하기 까다롭다. 그의 입술은 경직되어 있고 일직선이다. 특히 윗입술이 그래서, 말할 때는 아랫입술만 움직인다.

마치 그가 어릴 적 즐겨 보던 〈선더버드〉의 인형들처럼 상당히 기계적인 움직임이다.

헹크보다 더 젊은 사람들을 위해 설명을 하자면, 〈선더버드〉는 최초의 텔레비전 애니메이션 중 하나이다. 우수한 기술을 보유하고 있어 다양한 첩보작전들을 수행할 수 있는 비밀조직 인터내셔널 레스큐International Rescue에 관한 이야기이다. 멤버들은 각진 턱을 하고, 최첨단 의상을 입고 있는 히어로들이었는데, 사실 그들의 움직임을 조종하는 실이 보이긴 했지만[7] 전혀 문제되지 않았다. 우와! 긴장감 가득한 구출작전이 시작되고, 선더버드의 멋진 기계들이 준비를 하고 있었다. 헹크는 특히 화물을 교체할 수 있는 화물칸이 달린 통통한 모양의 수송기 선더버드2를 좋아했다. 한번 상상해 보라. 갓 일곱 살 된 깡마른 어린 헹크가 뼈밖에 없는 무릎을 꿇고, 토요일 저녁 흑백텔레비전 앞에 앉아 있는 모습을. 그는 셀 수 없이 잦은 세탁으로 부들부들해진 줄무늬 파자마를 입고, 주중행사인 목욕 후라 머리카락은 아직 젖어 있으며, 오렌지색 레모네이드 한 잔을 손에 든 채 시선은 텔레비전 화면에 고정되어 있다. 선더버드2의 조종사가 복잡한 슬라이딩 시스템을 이용해 지하에 주차된 항공기에 미끄러져 들어가는 모습(!), 그런 다음 암벽 전체가 서서히 하강하며 사라지면(!), 이 경이로운 항공기는 발사플랫폼에 도달할 수 있다. 그냥 보면 일반도로처럼 보이지만, 길가의 야자나무들이 옆으로 누우면(!) 실제로 30~40도 경사진 플랫폼이 만들어지고, 이 장소에서 항공기는 부릉거리는 엔진소리와 함께 발사된다. 그의 심장은 두근거렸고, 입은 벌어져 있었고, 입술은 반짝였다. 그건 레모네이드 때문이 아니었다. 사실 손에 들고 있던 레모네이드는 완전히 잊혔고 점점 미지근해지고 있었다.

"사정거리에 들어온다. 발사 허가…, 발사! 그리고 명중!"

이제 우리는 1968년으로 되돌아와 있다-암스텔베인의 플라윔거리 11번지의 거실에는 흑백텔레비전 말고도 올리브그린색의 3인용 소파, 짙은 갈색의 회전의자, 상판을 바꿀 수 있는(마호가니/흰색 베니어) 사각형 거실테이블이 있었고, 거실과 식당 사이에 놓인 길게 짠 장식장에는 다채로운 색깔의 유리 제품들이 보관되어 있었다. 그 장식장에 있던 물건들이 때때로 헹크의 기억에 떠오르곤 한다. 유리 제품뿐만 아니라 다리가 하나 없는 박제 거북이가 있었고(다리 대신에 철사로 만든 공예조각이 거북등 아래쪽에 달려 있었다), 속이 비어 있어 그 안에 우표를 보관했던 나무로 빚은 사과도 있었다. 하지만 가장 자주 기억나는 것은 우아한 말 조각상이다. 갈기와 꼬리가 부들부들한 밧줄로 만들어져 있어서 가볍고, 활기차고, 감동적이었다. 헹크가 말 조각상을 생각할 때면, 항상 커다란 애정을 느끼게 되고, 곧이어 깊은 슬픔이 뒤따르곤 한다. 그 조각상이 어디로 갔는지 전혀 알 수 없기 때문이다. 그의 부모님은 이미 세상을 떠나셨고, 그의 큰형은 죽었고, 프레이크는 그 말의 아름다움을 볼 수 있는 유형의 인간이 아니다. 그러면 그게 도대체 어디에 있는 걸까? 혹시 집을 정리하는 중에 사라진 걸까? 예를 들어, 상자에 넣었다가 아무렇게나 버려졌거나, 혹시라도 중고품 가게로 넘겨졌을까봐 그는 두렵다. 가끔씩 감상적이 될 때는, 그 말 조각상이 어딘가에 잘 보관되어 있을 거라고, 창턱 같은 곳에 잘 세워져 있거나, 가끔씩 누군가의 관심을 받으며 관찰되고 있을 거라고 스스로를 설득해보기도 한다. 이것은 그에게 있어 실존적으로 중요한 순간이다. 삶이란 것이 아무 의미 없는 유령처럼 나타났다가—여기, 지금, 바로 당신 눈앞에서—또 그렇게 빨리 사라지지 않도록, 잠시라도 주의 깊게 살펴보는 그 관심의 순간들 말이다.

헹크는 자고 있다. 그렇게 소파에 누우니, 그의 육중한 체격이 더욱 두드러져 보인다. 수면과 함께 이완된 그의 몸은 바다코끼리 같은 모습을 하고 있다. 그의 육체는 거실을 차지하고 있는 소파를 가득 채우고 있을 뿐 아니라, 소파의 경계를 넘어 가고 있다. 헹크가 이것을 직접 볼 수 없다는 건 축복일 거다. 이 모습은 그에게 심각한 모욕이 될지도 모르니까. 그는 지치고 늙고 뚱뚱한 남자를 보게 될 것이다. 그렇지만 차분하게 관찰하는 관람객이라면 그 모습 속에서 감탄할 만한 아름다움과 우아함을 발견하게 될 것이다. 그것은 특히 그의 귀와 같이 비교적 작고 단단한 형태를 지닌 신체 부위에서 발견할 수 있다. 그의 귀는 종종 노인들에게서 발견되는 지저분하고 느타리버섯 같은 귀가 아니다. 게다가 하늘이 준 선물과도 같이 그는 귀를 움직일 수 있고, 그것으로 로사와 같은 주변 사람들을 때때로 웃게 만들기도 한다. 또 다른 부위는 소녀처럼 반듯한 그의 이마인데, 이상하게도 그는 너무 계집애 같은 이마라고 별로 좋아하지 않는다. 아무리 생각해도 유치한 투정이다. 헹크 자신도 그렇다고 생각하지만, 아무래도 그런 생각에서 완전히 벗어나기 힘든 것 같다. 마지막으로 그의 손은 자세히 볼 가치가 있다. 그 손 자체를 두고 예쁘다고 하기는 힘들 것이다. 크기는 작은 편이고, 다소 거칠게 털이 나 있고, 손가락은 두꺼우며, 손톱엔 하얀 반점들이 있다. 하지만 민첩하고 솜씨가 있기 때문에, 그 손이 일단 일을 시작하면 멋지게 해내고야 만다. 이는 헹크가 업

무를 보거나, 붕대를 감거나, 정맥주사를 놓거나, 카데터를 교체하는 것과 같이 자신의 직업과 관련된 다소 복잡하고 기술적인 작업을 수행할 때 두드러진다. 그는 아름답다고도 할 수 있는 유연함과 정확성으로 그러한 처치를 수행한다. 이건 그의 어머니로부터 물려받은 것일 수도 있다. 그는 어머니의 손에 대한 강렬한 기억을 가지고 있다. 예전에 암스텔베인에 살 때 부엌에서 일하던 어머니의 모습을 기억한다. 그녀의 손은 간혹 몸에서 분리되어 자유롭게 움직이는 듯 보였다. 그리고 불에 냄비를 얹든, 감자 껍질을 벗기든, 음식에 소금을 뿌리든, 그녀의 손은 언제나 그의 눈에 아름답게 보이는 우아함을 지녔었다. 물론 그때 그의 나이가 대여섯 살 정도였기 때문에, 당연히 우아하다는 표현은 사용하지 않았지만. 그는 창가에 앉아 어머니를 바라보곤 했다. 김이 서린 창문에 몸을 기댔고, 초록색과 오렌지색 꽃무늬의 흰색 커튼은 물기에 젖은 채 창문에 딱 붙어 있었다. 마치 민물과 바닷물이 강어귀에서 서로 만나는 것처럼, 축축한 천의 냄새는 음식 냄새와 불편한 관계를 만들어냈다. 그는 그렇게 창턱에 앉아 있는 자신의 모습을 아직도 볼 수 있고, 어머니의 모습도 여전히 볼 수가 있다. 그녀의 앞치마, 그녀 앞에 떨어진 머리카락을 날려버리던 모습 그리고 물론 그녀의 손, 그 춤을 볼 수 있다. 비록 그 춤은 오래전인 1986년 비가 내리던 어느 화요일 아침, 대동맥파열 후 휴식에 들어갔지만.

눈꺼풀 아래 눈동자가 안와에서 불안하게 움직이고 있는 걸 보니 헹크는 분명 꿈을 꾸고 있는 것 같다. 어쩌면 그가 최근 몇 달간 자주 꾸는 꿈 그리고 가끔 곰곰이 생각하게 되는 그 꿈일지도 모른다. 꿈은 다양한 형태로 나타나지만 그 본질은 항상 똑같다-그는 경계가 모호한 어느 집에 살고 있다. 그의 집은 알 수 없는 방식으로 다른 집들과 겹쳐진다. 집에는 벽이 없고, 그가 다른 사람들의 인생을 은밀하게 엿볼 수 있는 구멍들이 존재한다. 낯선 사람이 그가 있는 방으로 들어온다. 헹크는 그곳이 자신의 방이라고 생각하지만, 그렇지 않은 것 같다. 그 방은 불현듯 그에게 낯선 공간이 된다.

그는 이 꿈이 우유부단한 자기 자신에 대한 오래된 불안, 즉 모래처럼 무너지는 그 느낌이 표현된 것이라고 이해한다. 그는 강하게 억제된 그의 불안감이 왜 자꾸 꿈속에서 나타나는지 알고 있다-전두엽 피질이 느슨해지면 숨어 있던 오래된 공포가 고개를 내민다. 하지만 이런 간결한 해석이 모든 걸 설명해 주지 않는다는 것 또한 그는 알고 있다. 그 꿈은 위협이라는 강력한 감정을 불러일으켰고, 이것은 새로운 것이다. 예전에는 불안이었고, 지금은 공포다. 왜 그런 걸까? 아마도 죽음에 대한 공포일 거라고 헹크는 생각한다. 그 꿈은 우유부단한 자신이 맞게 될 단호한 마지막 단계를 말해준다. 아마도/어쩌면 그의 집일지도 모르는 그 공간이 불투명한 경계를 넘나들고, 익숙한 그 형태가 무너져 없어져버리는 것은, 결국 축축한 땅 속에서 물질로써 분해되어버릴 그의 육신을 미리 형상화하고 있는 것이다.

그래, 그러니까 그건 죽음에 대한 공포다. 하지만 헹크는 혼란스럽다. 그는 죽음을 두려워하지 않는다. 솔직히 말해, 그는 죽음에 대한 공포는 유치한 거라고 생각한다. 그가 세상을 떠나길 바라거나, 자신의 죽음을 학수고대하는 건 아니다. 물론 그럴 리가 없다. 그렇다고 해서 죽는다는 사실이 그에게 공포의 감정을 불러일으키는 건 아니다. 예전에 그가 프레이크에게 말한 적이 있다.

"일단 죽게 되면, 죽어 있는 상태를 경험할 수 있는 게 아무것도 남지 않는데, 넌 도대체 뭘 걱정하는 거니?"

이런 철학적인 냉정함과는 별개로, 헹크는 죽음이 축복이라고 확신한다-세상의 모든 행복은 *우리가 태어날 때부터 그 축축한 무덤에서 나오는 것*이라고. 이것은 단순한 경제학의 원리다-가치는 유한성에서 비롯된다. 시간, 규모, 수의 유한성. 유한

성은 삶에 가치를 제공한다. 게다가(그는 이따금 편안한 기분일 때 이런 생각을 한다) 죽음은 우리의 가장 충실한 동반자가 아닌가? 죽음은 가장 처음 순간부터 마치 그림자처럼 언제나 우리와 함께 하고 있다. 매 걸음걸음마다, 숨을 쉴 때마다, 좋을 때나 나쁠 때나 우리와 함께 한다. 그리고 결국은 우리의 입술에서 마지막 숨을 거둬가고, 따라서 삶의 끝맺음이라는 선물을 선사한다.

그렇다면, 자신의 꿈이 죽음에 대한 공포의 표출이라고 해석한 건 어떻게 이해해야 하나? 글쎄, 아니, 아무것도 아닐 거다. 그는 짜증이 나서 어깨를 쭈뼛한다. 그리고 자신을 설득시켜 본다. 꿈은 그냥 꿈일 뿐이라고. 여러 가능한 요소들이 우연히 결합해서, 졸린 두뇌 속으로 반사적으로 들어온, 아무런 의미 없는 조작물일 뿐, 꿈은 거짓말보다도 힘이 약하다-꿈은 그저 부조리이기 때문이다. 어쨌든, 그는 죽음을 두려워하지 않는다. 그게 핵심이다.

그건 그렇고, 헹크는 이제 눈동자를 굴리지 않고, 경련도 없이, 아주 평화롭게 자고 있다. 그는 더 이상 꿈을 꾸지 않는 게 분명하다. 그의 입은 벌어져 있고, 입가로 흘러내린 침이 볼을 따라 흘러내린다. 그는 면도를 하지 않았고, 그래서 그의 뺨엔 회색 베일이 드리워져 있다. 그리고 긴 가뭄 끝에 찾아온 첫 물

줄기가 우기를 알리는 선구자처럼 약간은 주춤하며 사막으로 흘러 들어오듯, 그의 뺨에선 한 줄기 침이 아래의 토층을 찾고 있다. 다시 말하지만, 헹크가 자신의 이런 모습을 보지 않는다는 건 참으로 축복이 아닐 수 없다.

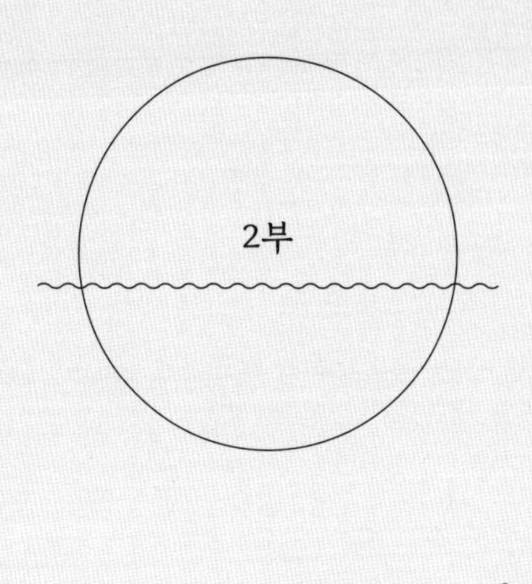

2부

세 시쯤 빌런이 잠에서 깬다. 언제나 그렇듯, 그는 눈을 뜨고, 머리를 치켜들어 헹크를 찾는다. 그리고 소파에 잠들어 있는 헹크를 발견한다. 이것을 본 개는 안심하고, 고개를 다시 낮추어 머리를 바구니 가장자리에 올려둔다. 그 개는 눈을 계속 뜨고 있다. 편안해 보이지만, 빌런을 잘 아는 사람이라면 그의 호흡이 가쁘다는 걸 알아챌 수 있다. 게다가 낮잠을 자고 나면 항상 하던 행동을 지금은 하지 않고 있다는 게 조금은 불안하다. 말하자면, 일어서서 물그릇으로 걸어가 시끄럽게 물을 마시는 행동 말이다.

빠른 호흡과 비정상적인 행동은 모두 심부전 때문이다. 심부전은 혈액이 충분히 순환되지 않는다는 걸 의미한다. 이로 인해 폐 뒤쪽에 물이 찰 수 있다. 그것이 가슴을 답답하게 만들고, 따라서 호흡은 상대적으로 빨라진다. 그러므로 심부전은 집중적인 호흡 때문에 피로를 유발하기도 하지만, 장기와 조직이 충분한 영양소와 산소를 공급받지 못하기 때문이기도 하다. 그런 이유로 그는 바구니 속에 누워 있는 걸 선호하는 것이다. 이러한 증상이 심부전의 갑작스러운 악화를 의미하는 건 아니므로 당황할 필요는 없다. 하지만 이제 빌런이 약을 먹을 시간이 되었다. 그러니 헹크가 잠에서 깨어나면 좋을 것이다. 게다가 또 다른 스케줄이 기다리고 있지 않은가. 빌런이 약 때문에 오줌을 참기 어려울 테니 밖으로 데리고 나가야 한다. 그 다음 프레이크 집에서 5시쯤 시작하는 바비큐 파티에 참석하기 위해 준비를 해야 한다. 그는 버스를 타고 갈 예정이므로(술을 마실 수 있도록. 알코올이라는 수호신 없이 그런 상황을 견디는 건 상상할 수가 없다), 시간의 여유는 그리 많지 않다.

그렇기 때문에, 헹크 역시 잠에서 깬 건 다행이다. 그는 그날 아침과는 완전히 다른 방식으로 깨어난다. 아침에 그의 의식은 발을 질질 끌며 어슬렁어슬렁 들어왔지만, 지금은 단숨에 그의 코앞에 와서 시끄럽게 떠들어대고 있다. *너무 덥군! 아, 목말라! 빌런! 심부전! 약! 바비큐!* 이건 잠에서 깨는 기분 좋은 방식은 아니다. 게다가 더욱 달갑지 않은 것은, 이 시끄러운 소리에 등 떠밀려 급하게 몸을 세우고 서둘러 일어나는 바람에 허리에 꽂히는 날카로운 통증을 느꼈다. 몸을 펼 수가 없다.

"아!"

그는 다시 누워 이 통증이 잦아들기를 기다린다. 몇 분 정도 시간이 걸린다. 이 통증은 그에게 낯설지 않다-그는 예전에 탈장을 경험했었고, 허리는 그때부터 그의 취약한 부분이 되었다. 그는 더 조심해야 한다. 이렇게-다리를 세운다. 그다음 팔꿈치로 다리를 감싸고, 몸을 밀면서 앉는다. 그러고는 한쪽 다리를 소파 옆에 내려두고 나머지 한쪽도 가져온다. 이 동작을 하면서 부드럽게 몸을 돌리면 그는 통증 없이 똑바로 일어나게 된다. 일단 앉은 그는 빌런을 쳐다본다. 개는 여전히 그를 바라보고 있다.

"잘 잤니, 빌런."

늘 그렇듯 그 개는 눈썹을 치켜들지만, 헹크는 빌런의 호흡이 너무 빠르다는 걸 즉시 알아챘다. 그는 일어나서 물 한 그릇을 가져오지만, 수분 조절에 관한 의사의 조언을 기억하고, 다시 돌아가 물의 절반을 버린 다음, 거실로 와서 바구니 옆에 그릇을 놓는다. 고맙게도 빌런은 일어나서 물을 마신다. 그러는 동안 헹크는 약을 가져오고, 빌런은 저항 없이 마지막 물 한모금과 함께 약을 삼킨다. 그리고 그를 빤히 쳐다본다.

"아니, 안 돼."

헹크가 말한다.

"더 마시면 안 돼. 네 심장에 좋지 않아."

집안은 찌는 듯이 덥다. 창밖에 내리쬐는 햇빛이 너무나 강렬해서 바로 길 건너편도 보이질 않을 정도다. 그는 집 앞쪽의 창문을 열고, 다른 창문들의 블라인드를 내려둔다. 그리고 뒤편 부엌문을 열어 바람이 통하도록 만들어 둔다. 좀 낫다. 냉장고 옆에 서서 그는 차가운 버터밀크 한 잔을, 아니, 두 잔을 들이켠다. 훨씬 낫다. 그는 깊게 숨을 들이쉰다. 이제 좀 괜찮아지고 있다. 빌런은 여전히 바구니 옆에 서서 어쩔 줄 몰라 하고 있다. 어쩌면 이 개는 평소와는 다른 일들이 벌어지고 있는 이례적인 하루에 당황하고 있는 건지도 모른다. 그런 모습을 본 헹크는 이 개가 어떤 결정을 내려야 하지만, 아직 준비가 되지 않았다고 생각한다. 그는 버터밀크 세 번째 잔을 마신다. 이번엔 한 번에 들이키지 않고, 다소 얌전하게 목으로 넘긴다. 우유가 너무 차가워서 목이 마비된 듯한 느낌이 든다. 이제 뭔가 좀 먹자. 그는 주위를 둘러본다. 사과를 발견한다. 그는 사과를 먹는다. 푸석푸석하고 맛이 없다. 그는 한 입 베어 물고는 나머지는 던져 버린다. 그럼 뭘 먹지? 그는 냉장고 문을 열고, 치즈를 꺼낸다. 그리고 칼로 한 조각을 잘라내어 먹는다. 즉시 발동되는 죄책감을 다시 다른 사과 한 개를 베어 먹으며 희석시켜 본다. 처음 것처럼, 푸석푸석하고 맛이 없지만, 이제 감정의 맥락이 바뀌었고, 따라서 맛과 내용물은 더 이상 중요하지 않다-이로 인해 그의 죄책감은 완화되므로, 그는 그 맛없는 사과를 끝까지, 씨와 꼭지만 남기고 모두 먹어 버린다. 미사 때 받아먹는 성체聖體도 어쨌든 아무 맛이 없지 않은가?

빌런이 앉는다. 그는 그 옆에 무릎을 꿇고 앉아 말을 건넨다.

"빌런. 내 귀염둥이. 우리 잠깐 산책 다녀올까? 길게 말고 짧게. 그렇지만 오줌 눌 만큼 넉넉히. 오줌 누는 게 중요해. 항상 그렇긴 한데, 지금은 더욱 더 그래. 수분을 배출해야 하니까. 그래서 네가 약을 먹는 거야. 그렇게 하면, 숨 쉬는 데도 도움이 될 거야. 괜찮지?"

빌런은 아무런 반응도 하지 않는다. 하지만 헹크는 이 동물이 그를 이해하고 있다는 걸 안다. 그가 하는 말을 알아듣는다는 문자 그대로의 이해가 아니라, 감정적인 이해를 말하는 것이다-헹크의 말소리를 통해서 이 개는 헹크가 그의 행동을 잘 이해하고 있다는 확신을 얻게 된다. 그것이 핵심이다. 헹크는 주인이고, 주인은 모든 것의 잣대이다. 주인이 행동하거나 허락하는 것, 말하고 침묵하는 것, 주고 뺏는 것이 이 동물이 경험하는 세상의 틀이다. 이것을 통해 그는 어떻게 행동할지를 배우게 된다. 그렇기에 빌런은 어떻게 행동할지를 잘 알고 있다. 잠시 후 그는 거리를 걷다가 첫 번째 가로등 기둥에 오줌을 눈다. 오줌을 누면서 헹크를 쳐다본다.

"그렇지. 잘했어!"

임박해 오던 파멸—이미 시작되었으나, 아직 마을까진 도달하지 않았던 핵폭발—의 느낌이 사라졌다. 거리와 집들은 더운 열기에 항복했고, 모든 표정들을 잃어버렸다. 그들에게선 아무런 열정도 찾아볼 수 없고, 모든 에너지는 증발해 버린 상태다. 불과 몇 분이 지나지 않아 헹크는 땀에 젖는다. 빌런은 그동안 세 번 오줌을 누었고, 혀를 입 밖으로 축 늘어뜨리고 있다. 그 혀의 색깔이 오늘 아침처럼 창백하지 않고, 분홍색이라는 사실이 헹크를 기분 좋게 만든다. 헹크는 눈치 채지 못했지만, 그는 미소를 짓고 있다. 그건 어린 강아지 빌런의 혀에 대한 기억 때문이다. 그 강아지는 아침 일찍 오줌이나 똥을 누기 위해 핑크색 작은 혀로 부드럽고 조심스럽게 그를 깨웠었다.

맙소사. 그가 얼마나 이 동물을 사랑했던가! 그는 함께 산책하고, 걷고, 껴안으며 애정을 주었다. 그가 부를 때면, 이 개는 감동적인 물결 모양으로 귀를 펄럭이며 핑크색 혀를 내밀고 그를 향해 뛰어왔다. 그러면 그는 아무런 부끄럼 없이 그 검은 코에다 뽀뽀 세례를 퍼부었다. 그는 강아지의 부드러운 귀를 손가락 사이로 쓰다듬었다. 그는 귓속을 들여다보고, 눈가의 눈물 자국을 닦아주고, 입을 살펴보고, 털을 옆으로 쓸어내리면서 분홍색 피부에 있는 진드기를 떼어주었다. 그들은 여전히 친밀한 관계를 유지하고 있다. 헹크는(그는 이제 집에서 가까운 그늘진 골목길을 걷고 있다) 자신이 그 어떤 다른 생명체와 이토록 친밀한 관계를 자연스럽게 맺은 적이 있었나 생각해본다. 없다. 평생 동안 여자들과도 그렇지 못했다. 온갖 밀접한 상황 속에서 그가 간호했던 수천 명의 환자들과도 아니다. 헹크는 또한—이 생각과 함께 그에게 익숙한 우울감이 불쑥 밀려온다. 이 감정은 경우에 따라, 죄책감, 자기혐오, 실존적 피로감으로 구분할 수 있다. 하지만 여기선 그냥 두자—아빠가 되었다 하더라도 그렇지 못했을 거란 걸 안다. 이러한 통찰은 바로 프레이크 덕분이다.

얀이 죽은 후, 그들이 서로 자주 만났던 시기에 로사가 태어났다. 헹크가 동생을 만나러 가면, 그는 항상 아기와 함께하고 있는 동생을 보았고, 그들의 친밀감에 늘 감동했다. 그는 프레이크가 아기를 안고 돌아다니고, 흔들흔들 어르는 모습을 보았다. 그녀가 잠들 수 있도록 새끼손가락을 빨게 하는 모습, 그가 그녀와 함께 놀고, 이야기하고, 웃는 모습을 보았다. 그는 또 그 아기가 아직 초점을 맞출 수 없는 눈으로 어렴풋이 아빠를 쳐다보는 모습도 보았다. 그것은 아직 뇌신경이 완벽하게 발달하진 않았지만, 자신을 얼러주고, 안아주고, 그녀를 위해 노래를 불러주고, 기저귀를 갈아주는 이 사람이 누구인지 알고 싶어 하는 강렬한 욕망의 표현이었다.

'아빠!'

헹크는 아버지와 딸을 바라보는 걸 좋아했다. 하지만 그건 늘 아픔을 동반했다. 그는 리디아를 생각할 수밖에 없었고, 아기에 대한 그녀의 갈망과 왜 그녀의 갈망이 채워지지 못하는지 그리고 그것이 무엇을 의미하는지를 떠올리지 않을 수 없었다.

프레이크는 아기를 들고, 머리 위로 올려 빙글빙글 돌았다.

"여기 보세요. 로사가 하늘을 날고 있어요!"

그녀는 그곳에서 하늘을 날고 있었다. 태어난 지 몇 달밖에 안 된 그 아기가. 입은 벌리고 눈은 감은 채, 찡그린 작은 얼굴을 하고 하늘을 날고 있었다. 그 얼굴은 무서워하는 표정이 아니라 금세 행복한 웃음으로 변하게 되는 바로 그 시작점이었다.

현관문 앞에서 헹크는 무릎을 꿇고 두 손으로 빌런의 머리를 감싼다. 개는 그를 쳐다본다. 개의 눈에는 익숙한 슬픔이 서려 있다. 그것은(모든 것은 지나가기 마련이라는) 실제 상황에 대한 깊은 통찰이 담긴 개의 슬픔이며, 결국 개라는 동물의 본성을 말해주는 근거이다. 억누를 수 없는 삶에 대한 욕망 말이다. 헹크는 익숙한 긴 입과 부드러운 털과 따뜻한 검은 입술을 느껴본다.

"자, 우리 똥강아지."

헹크는 목소리를 내보지만, 목멘 소리는 힘들게 새어 나온다. 심부전 진단에 대한 심각함과 자신의 무력함, 손가락 사이로 흘러버리는 모래와 같은 느낌, 다시 말해, 이 생명의, 이 세상의, 이 우주의 완전히 무의미한 설계에 목이 멘다.

"우리 다시 집에 왔어. 너랑 나랑…."

* * *

헹크는 샤워를 하고, 면도를 한 다음, 옷을 입는다. 그는 조금 날씬해 보일 수 있는 가벼운 린넨 바지와 하늘색 셔츠를 고른다. 그런 다음 침실에 있는 전신거울로 자신을 비춰보고, 습관적으로 왼쪽으로 돌았다가, 오른쪽으로 돌았다가, 다시 정면을 바라본다. 한 손으로 머리를 넘기고는, 입고 있는 옷에 또 다른 옷을 들어 대본다. 조금 이상하긴 하다. 그는 본질적으로는 자기 자신이지만, 다른 사람이 원하는 모습으로 옷을 입고, 그렇게 다른 사람인 척하는 자기 자신에게 최고의 모습을 보이려 하고 있다. 그는 어깨를 뒤로 젖히고, 배에 힘을 주고, 턱을 약간 들어올린다. 하지만 그는 너무나 잘 알고 있다. 잠시 후면 그는 거울을 외면할 것이고, 다른 사람을 잊게 될 것이며, 자신의 최고의 모습을 보여주려 했던 그 모든 노력을 포기하게 될 거란 걸 말이다. 그럼에도 불구하고 그는 자신의 행동에서 벗어날 수가 없다. 머리로는 이해하고 있지만, 이해한 대로 행동하지 않는, 두 개의 대척점 사이에 갇혀 있기 때문이다. 이로 인한 긴장감은 그를 뻣뻣하게 굳어버리게 만들거나, 소심한 모습으로 바꾸어버린다. 하지만 이번에는—오늘은 그런 날이다. 아침에 깨어나는 그 순간부터 모든 곳에 느낌표가 따라오는 그런 날—그 긴장 상태가 과감히 탈출구를 만들어 보려 한다. 하지만 탈출구라고 생각했던 그 길은 크게 다를 것 없이 바보 같은 모습을 드러내고 있다-헹크는 인상적인 모습으로 자신을 모방하고 있는 거울 이미지에 혀를 내민다.

집을 나서기 전에 그는 빌런의 머리에 뽀뽀를 한다. 개는 고개를 들어 쳐다본다. 잠시 헹크는 빌런이 윙크를 할 거라고 생각하지만, 다행히 그런 일은 일어나지 않는다. 밖으로 나가자마자 더운 열기가 그의 목덜미를 붙잡는다. 마치 어릴 적에 테이스공원 같은 곳을 산책할 때, 아버지가 그에게 나무나 풀이나 꽃들을 보여주기 위해 목덜미를 잡았던 것처럼 말이다. 그의 아버지는 오래전에 돌아가셨다. 그는 그의 아내와 함께 무덤 속에 누워 있다. 헹크는 가끔씩 그 무덤을 방문하지만, 그건 부모님 생각이 나서라기보다는 헹크 자신도 언젠가는 그곳에 누워 있을 것이기 때문이다.

"잘 봐봐, 빌런. 저기에 내가 묻힐 거야. 근사한 곳이지?"

개는 아무 대답도 하지 않는다. 개는 그 장소가 어떤 곳인지 전혀 알지 못한다. 죽은 사람들의 대부분이 그곳에 너무 오랫동안 묻혀 있어서, 개가 불안해하거나 흥분할 수 있는 특정 냄새를 더 이상 발산하지 않는다. 그 개는 순간의 짧은 기억에 묶여, 눈으로 꿀벌이나 나비를 좇고, 자갈에 코를 대고 킁킁거리며, 생각에 빠진 주인을 때때로 올려다본다. 그리고 주인이 그의 생각에서 빠져나와 개의 눈동자로 풍덩 들어가면, 자유롭게 노니는 그 개의 모습에, 그러니까 삶이란 것의 가장 가벼운 형태에, 늘 저절로 미소 짓게 된다. 공동묘지를 방문한 헹크는 특히 빌린 덕분에 생기를 되찾는다.

버스정류장은 기차역 옆에 있다. 걸어서 약 10분 정도의 아주 가까운 거리에 있지만, 벌써 조금 늦었기 때문에 서둘러야 한다. 그는 찌는 듯한 거리를 뛰어가고, 이내 곧 다시 땀을 뻘뻘 흘린다. 하지만 괜찮다-버스는 냉방이 잘 되어 있고, 오아시스와 같은 시원함 덕분에 그는 상쾌한 기분전환을 할 수 있다. 그가 미처 자리에 앉기도 전에 버스가 출발하고, 그는 '쿵' 하고 자리에 풀썩 주저앉는다. 그것조차도 즐겁다. 마을의 거리들을 굽이굽이 통과하는 동안, 그의 시선은 살짝 위를 향하고 있다. 그것은 그가 어렸을 때, 암스텔베인에 살 때 배운 요령이다. 고개를 조금만 뒤로 젖혀도, 새로운 거리들이 나타났다-건물의 3, 4층, 지붕과 굴뚝, 나무꼭대기, 대로변에 있는 아파트와 그 위로 높이 치솟은 네덜란드 하늘. 이런 것들이 만든 또 다른 거리풍경이 펼쳐졌다. 머리를 뒤로 젖힌 그 어린 청년은, 플라윔거리에서 무슨 일이 있었든 조금도 신경 쓰지 않고, 그렇게 온전히 혼자 있을 수 있었다. 그렇게 하면, 공간감, 자유로운 느낌 그리고 모험심을 느낄 수 있었고, 그 느낌에 그는 완전히 매몰되었다. 이제, 이 버스에서 비슷한 일이 일어나고 있다. 그는 머리를 약간 뒤로 젖혀 회색 건물과 돌로 만든 창틀, 슬레이트 지붕, 나무 꼭대기 그리고 세인트로렌스교회의 탑을 바라본다. 그리고 항상 마지막에 보게 되는 하늘-물론 하늘의 공기를 볼 수 있는 건 아니지만.

그는 다양한 모양의 하늘을 좋아한다. 특히 계절이 바뀔 때 종종 나타나는 회색, 흰색, 파랑색, 짙은 보라색의 불협화음을 좋아한다. 하늘에선 모든 것이 흘러간다. 배 모양, 너덜너덜한 옷 모양, 먹다 뱉은 과일 모양의 구름이 흘러가고, 때로는 머리카락처럼 얇은 선이 수채화처럼 번져 고래수염 모양, 빗줄기 모양의 회색 스크린이 펼쳐진다. 아, 얼마나 아름답고 멋진 하늘인가? 그런 하늘 아래서 그는 폴더(연안 지역의 간척지)를 산책하는 걸 좋아한다. 그러면 모든 것을 잊게 되고, 또….

어쨌든, 오늘 하늘은 티끌 하나 없는 7월의 파란색 깃발처럼 그의 머리 위에 펼쳐져 있다. 이 또한 너무 아름답다. 그는 다시 안도의 한숨을 내쉰다. 그의 시선이 높은 곳을 배회할 때면 늘 나오는 그런 한숨이다. 그는 다시 숨을 들이마신다. 그의 몸 속 공간이 부풀어 커지는 것만 같다. 이런 휴식을 취하고 나면, 세상의 결은 완전히 달라진다. 일단 도시를 벗어나면, 임박해 오는 파멸, 언제라도 세상을 휩쓸어버릴 수 있는 그 핵폭발의 흔적은 더 이상 찾아볼 수 없다. 심지어 지독하게 무더운 날씨라기보다는 단지 햇볕이 화창한 여름날의 풍경이다-최고의 네덜란드 날씨, 즐거운 사람들, 물과 초원, 버드나무, 소와 양들, 논병아리, 댕기물떼새, 게다가 (지금은 메르버운하를 따라) 보트를 타고 있는 두세 명의 금발 소년들이 보인다. 석탄을 싣고 위트레흐트를 향해 항해하고 있는 대형내륙선박 안드레아호의 뱃머리 리듬에 맞춰 춤을 추고 있는 작은 보트 안에 소년들이 있다. 헹크는 그들을 잘 보기 위해 고개를 돌려 본다. 소년들은 일어나 양팔을 벌리고 서서 춤추는 보트 위에서 균형을 잡고 있다. 헹크는 이제 무슨 일이 일어날지 이미 잘 알고 있기 때문에 미소를 짓는다. 그래, 그거지. 소년 중 한 명이 배 밖으로 뛰어 풍덩 물속으로 들어간다. 그리고 몇 초 후에 다시 수면 위로 올라온다. 다른 소년들도 갑작스런 움직임에 보트 안에서 넘어지고 말지만, 물에 빠진 소년에게 팔을 뻗기 위해 똑바로 앉으려다 또 다시 넘어지기를 반복하고 있다.

그 다음 순간에 그들은 보이지 않았다. 헹크는 그 장면을 보기 위해 완전히 몸을 돌렸다가 다시 앞을 보고, 그 순간 그의 시선은 버스에 타고 있는 한 여성에 멈췄다. 그는 그녀의 얼굴을 알아보긴 하지만, 정확히 누구인지는 금방 떠오르지 않는다. 그녀가 다시 쳐다본다. 그는 그녀도 그의 정체를 열심히 기억해내고 있다는 걸 알아채고, 그 결과 두 사람은 한동안 아무런 표정 없이 서로를 쳐다보고 있다. 그들의 얼굴은 마치 정전이 발생했을 때의 게시판처럼 텅 비어 있지만, 속으로는 이들의 얼굴에 적절한 표정을 만들어 줄 어떤 정보를 미친 듯이 찾고 있다. 그러니까 그들은 예전에, 예를 들어, 슈퍼마켓에서, 아니면 병원에서 서로 알았던 사이라는 정보 말이다. 시간은 오래 걸리고, 약간 고통스러워지기 시작한다. 그러자 여자는 미소를 지으며, "당신 개는 어때요?"라고 말한다.

아! 이 여자는 오늘 아침에 너저분한 마당이 있는 보트하우스에서 본 여자다. 빌런에게 물 한 사발을 가져다 준 친절한 여자였다. 돌이켜보면 그다지 도움이 되지 않는 행동이지만, 그때 그는 그 사실을 몰랐었고, 그녀는 더더욱 알지 못했다. 그녀는 통로 반대편, 그보다 몇 줄 뒤에 앉아 있다.

"좋아요. 아니, 사실은 그렇게 좋지 못해요. 수의사한테 갔더니 심부전이 있대요."

"꽤 심각한가 보네요."

"예. 심각한 거죠. 심장이 이제 완벽하게 좋아질 수 없다는 걸 의미하니까요. 펌프질을 충분히 못한대요."

그의 심장. 심장의 펌프질. 그냥 그것뿐이다. 아니, 그렇지 않다. 갑자기 암울한 감정이 헹크를 엄습한다. 결코 그게 다가 아니다. 바로 거기가 모험이 시작되는 곳이다. 작가와 시인은 그곳에 그들의 언어를 자유롭게 녹여내고, 그러면 그 심장은 단순한 펌프 그 이상, 그러니까 하나의 풍경이 된다. 사스키아 같은 사람들은 도대체 뭐가 잘못된 걸까? 상상력 부족한 그런 사람들. 시적 감각의 부재를 냉철함이라고 위장하는 그런 사람들 말이다. 냉철함! 그건 뻔뻔함이고, 손님상에 내놓은 찬밥 같은 매너다. 헹크는 갑자기 기분이 나빠져서 우울해지려는 단계에 가까이 와 있고, 이건 그가 의도하는 바가 아니다. 분명히 아니다. 사실 생각해보면 기분을 망칠 이유도 전혀 없다. 그러므로 조금 전에 누렸던 그 편안함을 기억해 보는 게 좋겠다. 버스를 탈 때부터 그를 압도했던 그리고 그가 꼭 붙들고 있어야 하는 그 편안한 휴식 말이다. 그는 어깨를 낮춘다. 손에 힘을 뺀다. 그리고 심호흡을 한다.

"저기요, 너무 예쁜 개던데요. 무슨 종이에요?"

"쿠이커혼제입니다. 전통적인 네덜란드 종이죠. 종종 황금기

회화에서도 볼 수 있어요. 얀 스테인의 그림에서도요."

그 여자의 나이는 그날 아침에 생각했던 것보다 더 많다. 그건 그녀의 눈과 목소리에서 알 수 있다. 그는 자신이 추측한 바를 확인하고자 그녀의 손을 보려고 하지만, 볼 수가 없다. 물론 불가능한 일은 아니다. 가능하다-그가 일어나 그녀 옆으로 가 앉는다.

"이렇게 안하면 이야기하기가 불편해서요."

그녀는 미소를 짓는다. 그녀의 얼굴은 사랑스럽다. 그녀의 손은 그가 생각했던 것보다 실제로 나이가 더 많다는 걸 확인시켜 준다. 그녀는 그와 비슷한 나이대다. 아침에 그랬던 것처럼, 헹크는 그녀에게서 풍기는 냄새를 맡는다. 향신료 냄새가 은은히 퍼진다. 가람 마살라. 맛있는 냄새. 그녀는 정말 매력적이다. 그녀에겐 부드러움이 있고, 우아함이 있고, 그가 껴안고 싶은 무언가가 있다. 그녀가 옷을 차려입고 있다는 걸 그는 이제야 알아챈다. 어쩌면 그래서 금방 못 알아봤는지도 모른다. 화장한 그녀는, 그러니까, 젊어 보인다고 해야 하나? 아니다. 그럼 예뻐 보인다? 아니, 아니. 활기차 보인다? 그래, 그거다. 더 생기 있어 보인다. 분명히 기분 좋은 약속이 있는 것 같다. 그녀는 빛난다. 그녀는 즐거운 시간을 보내기로 마음먹었고, 틀림없이 그럴 거다. 그녀가 지금 친구들에게로 가는 길이든, 박물관이나 콘서트에 가는 길이든, 고양이 쇼, 아니면, 트랙터 쇼 같은 곳에 가는 길이라도, 그녀는 즐거운 시간을 가질 것이다. 그런데 문득 그녀의 얼굴에 그림자가 드리워진다. 그녀는 앉은 채 앞뒤로 미끄러지듯 왔다 갔다 한다. 헹크는 그녀가 뭔가 좀 불편함을 느낀다는 걸 알아챈다. 물론—그가 그녀 옆으로 가서 앉았고, 그 뒤로 아무 말도 하지 않고 있다—좀 불편할 수 있다. 뭐든 말을 해야 한다. 헹크는 두 번 생각하지도 않고, 바로 문장 속으로 뛰어든다.

"트랙터 쇼에 가세요?"

"네? 아니요. 왜 그렇게 생각하세요?"

"아, 저도 모르겠어요. 그냥…, 쿠어커혼제는 예전에 오리를 새장에 몰아넣고 가두기 위해서 기르던 개에요. 새장이라는 뜻의 쿠이, 새장으로 유혹한다는 뜻의 쿠이커. 쿠이커라는 이름이 거기에서 나온 거죠."

"그 개 이름이 뭐예요?"

"빌런이에요. 강아지 때 부르던 별명이었는데, 어떤 이유인지 계속 부르게 되더라고요."

"그렇게나 말썽꾸러기였어요?"

"아니요, 전혀요. 그냥 새끼 강아지였죠. 원래 강아지들은 손이 많이 가잖아요. 신발이랑 테이블 다리도 물어뜯고, 아무 데다 대소변도 누고요. 그 친구는 그냥 귀여운 개구쟁이, 꼬마 빌런이었어요. 그래도 말썽꾸러기는 아니었어요. 항상 사랑스런 개였죠."

"그 개는 정말이지 믿을 수 없을 만큼 사랑스러운 눈을 가졌어요."

그건 사실이다. 빌런은 이 지구상에서 가장 사랑스러운 눈을 가지고 있다. 그것은 의심할 여지없는 진실이지만, 지금까지 헹크는 그것이 자신만의 진실이라고 생각해왔다(아마도 리디아도 포함될 거겠지만). 그래서 지금 그는 어떻게 반응을 해야 할지 몰라 하고 있다.

"그 개를 많이 사랑하시나 봐요."

맙소사. 대체 무슨 질문이 이런가? 그녀는 옆으로 돌아보지 않고 묻는다. 그는 도대체 뭐라고 대답해야 한단 말인가?

"지구상에 살아 있는 그 어떤 생명체보다도 그 개를 사랑합니다."

하느님, 맙소사. 갑자기 이게 무슨 일인가? 누가, 아니면 무엇이 그로 하여금 이런 말을 하게 만들었을까? 그는 이 질문에 대해 곰곰이 생각할 시간적 여유가 없다.

"그렇게 무조건적으로 사랑할 수 있는 사람을 만나서 반가워요."

헹크는 말이 없다. 무슨 말을 해야 할지 모르겠다. 옆에 있는 이 여자는 선을 넘었다. 너무 가까이 다가온 거다. 그녀는 처음 방문한 그의 집에서 무심코 그의 냉장고 문을 연 것이다. 미친 여자인가?

"저는 미아라고 해요."

그녀가 말한다.

"헹크에요."

그가 대답한다.

"트랙터 쇼에 가는 건 아니고요, 콘서트를 보러 가요. 교회에서 열리는데, 현악사중주에요."

헹크는 편안한 휴식을 생각한다. 세상을 단순하게 볼 수 있게 만드는 휴식의 유익함을 생각한다. 그로 인해 삶에 대한 열정이 중심에 서게 되고, 그것은 실존적 문제의 핵심이 된다. 우리의 삶을 지탱시켜주는 건 음식이나 음료가 아니라, 바로 삶에 대한 열정이기 때문이다. 그는 깊게 심호흡을 하고, 그의 몸을 의자에 맡긴다.

"빌런은 〈엘리제를 위하여〉를 좋아한답니다."

"정말요? 그걸 어떻게 아세요?"

"〈엘리제를 위하여〉를 틀어주면, 쥐 죽은 듯이 가만히 앉아 있어요. 고개를 갸우뚱하고, 눈썹은 치켜들죠. 또 말러의 〈죽은 아이를 그리는 노래〉에 나오는 어떤 노랫말을 들을 때도 그래요. 조지 베이커 셀렉션의 〈하얀 비둘기〉를 들을 때도요. 이유야 어떻든, 녀석은 그 노래를 좋아해요. 처음부터 끝까지."

여자는 웃는다. 웃음을 멈춘 뒤, 여자는 부드럽고 맑은 목소리로 말러의 곡을 노래한다.

"이제 태양은 저토록 찬란하게 떠오르네Nun will die Sonn' so hell aufgeh'n…."

"아직 그 부분에는 반응하진 않았어요. 좀 뒷부분, 마지막 가사에요."

이제 헹크도 노래를 한다.

"세상의 환희의 빛에 만세!Heil sei dem Freudenlicht der Welt. 이 부분을 들어요. 항상. 바로 이 가사를요."

"음악에 조예가 있는 개네요! 세상에…, 모든 개들이 음악적 재능이 있다고 생각하세요?"

"아니죠."

헹크가 답한다.

"빌런이 유일하죠."

여자는 또다시 웃는다. 헹크도 미소 짓는다. 여자는 미치지 않았다. 삶의 에너지가 가득할 뿐이다.

그녀는 완전히 '사스키아답지 않은' 사람이다. 어쩌면 '사스키아답지 않은' 사람이 너무 귀해져서, 그렇게 보기 드문 사람을 맞닥뜨린 그는 그녀를 밀어내고, 미친 사람으로 의심했나 보다.

여자는 말한다.

"저도 음악을 들을 때 항상 가만히 앉아 있는데, 머리를 갸우뚱하거나 눈썹을 치켜들진 않아요. 당신은요?"

"모르겠네요. 전혀 신경 써 본 적이 없어서."

그들의 버스는 로넌으로 달린다. 목적지에 가까워지자 그들의 대화는 멈춘다. 아마도 그들은 어떤 모습으로 작별을 해야 할지 머릿속으로 그려보고 있는 것 같다. 그러니까, 이들이 나눈 대화 이후에 그들의 관계성은 정확히 어디쯤 와있는 걸까? 그 관계성에 근거한 이들의 올바른 작별인사는 어떤 것일까? 이들이 적절한 사회적 코드를 선택하는 것은 중요하다. 그 코드와 함께 암묵적으로 두 사람의 관계성에 대한 판단이 내려질 것이고, 그 판단은 다음으로 이어질 모든 가능성들과 불가능성을 내포하게 될 것이다. 그렇기에 헹크는 치열하게 고민한다. 그는 이 여자를 정말 다시 만나고 싶다. 그는 그녀가 사랑스럽고, 재미있고, 매력적이라고 생각한다. 이런 일이 얼마나 자주 있겠는가? 물론 문제는 이런 감정이 상호적인 것인지의 여부다. 만약 헹크가 잘못 판단하고, 잘못된 코드를 선택한다면, 그 여자는 낯설어질 테고, 다시는 못 보게 될 위험에 처할 거다. 선택의 폭은 넓다. 예를 들어서, 그가 원하는 대로 그녀에게 키스를 할 수 있지만, 그녀는 부정적인 반응을 보일 가능성이 높다. 선택의 다른 쪽은, 그가 만약 목례를 하며 작별인사를 한다면, 그만큼 두 사람은 어렵고 서먹한 관계가 될 것이다. 그렇다면 이 두 극단적 선택 사이의 올바른 코드는 무엇일까? 악수를 해야 할까? 악수를 할 때, 다른 쪽 손을 그녀의 손 위에 올려야 할까? 포옹을 해야 하는 걸까? 그의 전화번호를 줄까? 다시 만나자고 제안해 볼까? 오늘밤 늦게, 한 열 시쯤, 술집에서 약속을 할까? 수많은 가능성들이 펼쳐진다! 헹크를 조금이라도 아는 사람은 그의 생각이 어떻게 진행되고 있는지 알 수 있다. 그의 눈동자는 불안하다. 그의 눈썹이 움직이고 있다. 그는 깍지를 끼고, 마치 손을 평평하게 만들려는 듯, 두 엄지손가락의 끝을 꾹꾹 밀고 있다.

버스는 정류장에 정차한다. 여자는 의자에서 일어나 앞에 있는 의자 등받이에 손을 올려놓는다.

"저는 여기서 내려요."

헹크는 급하게 일어난다. 그리고 또한 급하게, 뒷걸음질로 통로로 내려선다. 여전히 그의 생각은 경주트랙을 달리고 있다. 그녀가 자리에서 나와 통로로 들어서자, 절박함 속 그의 긴장감은 극도로 높아진다. 그녀가 떠난다. 이제 너무 늦었다. 아니, 잠깐만. 그녀가 뒤돌아본다. 그리고 미소를 짓는다. 너무도 다정하고, 따뜻하고, 생기 있고, 정말 사랑스러운 미소를 지으며 그를 본다. 그리고 한 손을 그의 가슴에 얹는다. 많은 남자들이 넥타이를 하는 곳이지만, 헹크는 거의 그럴 일이 없다.

"잘 가요, 헹크. 빌런에게 내 포옹을 전해주세요."

그리고 그녀는 떠났다. 차에서 내려, 버스 뒤쪽으로 걸어가 골목으로 사라졌다. 버스가 다시 움직이기 시작했을 때, 헹크는 여전히 통로에 서 있었고, 그제야 자신이 왼팔을 앞으로 쭉 뻗고 있는 걸 발견한다. 의아한 일이다. 어떻게 자신도 모르게 팔을 뻗고 있는 건지 전혀 이해할 수 없다. 하지만 사실은 사실이고, 그의 왼팔은 쭉 뻗어 있다. 이 행동은 그가 그녀를 가로막으려 했다고 가정했을 때만 제대로 설명될 수 있는 것이다. 하지만 그는 즉시 깨닫는다. 만약 그렇다면, 그는 실패한 것이다. 그는 그녀를 막지 않았다. 그는 그녀에게 아무 말도 하지 않았고, 그녀에게 그 어떤 애정의 표현조차 하지 않았으며, 전화번호를 알려주거나, 최소한 그녀를 다시 만나고 싶다는 속삭임조차 하지 않았다.

실패했다고? 정확히 말해, 그건 옳은 단어가 아니다. 그는 가망 없는 머저리였다. 그는 나이 56세에 수줍음 많은 남학생처럼 행동했다. 그리고 그 깨달음과 함께 천천히, 패배감을 느끼며, 다시 의자에 주저앉는다. 그의 옆에 비어 있는 의자는 우주보다 더 큰 공허함으로 다가왔다.

* * *

물질이라고? 그래, 물질이다. 그냥 단순히 물질이라고? 그래. 그냥 물질일 뿐이다. 하지만, 멋있고 대단한 물질! 시적인 물질. 입가에 멍한 미소를 머금은 채 버스 좌석에 앉아 있는 저 물질을 보라. 몇 분 지나지 않아 패배감은 이미 잊혔고, 시작되는 사랑의 달콤함이 그를 감미롭게 감싸고 있다. 시詩: 사랑에 빠지게 되는 물질의 신비한 능력, 그것에 대해 잠시 생각해 보자. 사랑에 빠지는 물질…, 그건 단순히 하나의 변형일 뿐이다. 아무런 문제없이 그 물질은 아름다움, 쾌락, 선함, 명예, 정의, 통찰력, 지식, 합리성, 수학 그리고 입자물리학의 표준모형이 되기도 한다. 대단하지 않은가? 그렇다. 헹크는 그것이 정말 대단하다고 생각한다.

표준모형에 관해-이것은 힉스입자의 발견으로 완성되었으며, 우주만물의 실재성에 대해 완전한 설명을 제공한다고 이해하고 있다. 우리가 지구상에서 알고 있는 모든 것은 입자의 관점에서 정확하게 기술될 수 있다. 물론 실제적으로는 불가능할 수 있지만, 원칙적으로는 가능하다. 그에게는 이 모든 것들이 숨 막힐 정도로 놀랍다. 대단한 스토리이다! 먼저 빅뱅이 있고, 마법 같은 입자가 만들어진다. 그 다음, 별과 은하가 형성되고, 지구와 같은 행성들이 만들어진다. 다음으로는, 대기, 대륙 그리고 최초의 생명체. 그런 다음, 복합세포, 성별, 호모 사피엔스. 그 다음은, 광산, 자동차, 치명적인 교통사고. 그리고 사랑하는 사람의 죽음, 애도 그리고 삶에 대한 열정을 다시 되찾는다. 그 다음은, 철학, 예술 그리고 과학. 놀라운 것은 모든 레벨에서 그 이전 레벨이 계속 완전하게 적용된다는 것이다! 이것은 마치 체스와 같다. 기본입자는 체스의 말이고, 표준모형은 게임의 규칙을 설명해준다. 그것에 근거해 끝없이 많은, 아니 끝없이 많지는 않지만, 놀랄 정도로 많은 수의 게임이 가능해진다. 카탈루냐와 그룬펠드-인디언, 좋은 게임과 나쁜 게임, 실내와 실외 게임, 북반구와 남반구게임, 성격 좋은 사람들과의 게임 그리고 기분이 나쁜 사람들과의 게임과 같이 거의 끝없이 다양해질 수 있지만, 결코 게임의 규칙에는 위배되지 않는다.

시적인 물질. 우리가 버스에서 보고 있는 시의 첫 행은, 헹크 얼굴에 드리운 멍한 미소이다. 두 번째 행은, 춤추는 마음과 같이 눈에 보이지 않는, 가슴속의 환희이며, 세 번째 행은, 그가 기억으로부터 열심히 회상해 낸, 그의 눈앞에 나타난 미아의 모습이다. 그는 그 모습을 좀 더 자세히 살펴본다. 그녀가 입었던 빨강 드레스가 그녀에게 환상적으로 잘 어울렸고(네 번째 행), 우아한 샌들과 샌들 속 길고 가느다란 발(다섯 번째 행), 볼의 솜털(여섯 번째 행), 음자리표 모양의 귀걸이(일곱 번째 행), 기분 좋은 가람 마살라 향기(여덟 번째 행)….

아홉 번째 행은, 그가 내리는 걸 잊은 것이다. 버스가 이미 정류장을 떠나 지방도로로 접어들었을 때야 비로소 그는 자신의 실수를 깨닫는다. 빌어먹을. 그는 "스톱!"을 외치고, 운전기사는 친절하게도 정류장이 아닌 곳에 버스를 멈추고 그를 내려준다. 그는 걸어서 마을로 되돌아간다. 다시 곧 땀이 흐르기 시작하지만, 기분은 괜찮다. 걸음걸이는 용수철처럼 탄력이 있다. 그는 정말 청년처럼 젊어 보인다. 오른손에는 표준모형의 공식이 찍힌 에코백이 들려 있고, 그 속에는 프레이크와 줄리아를 위한 와인 한 병 그리고 로사를 위한 책 한 권이 들어 있다. 그는 찻길을 따라 걷다가, 즐겁게 운항하는 유람선이 보이는 베흐트강에 다다르고, 길을 건넌 다음, 오른쪽으로 꺾어 샛길로 들어선다. 프레이크의 집은 겉으로 보기엔 작지만, 일단 들어가면 놀라울 정도로 넓고, 무엇보다 멋진 뒤뜰이 있다. 헹크는 초인종을 누른다. 그러고는 이런 장소에 들어갈 때면 항상 엄습해오는 당혹감을 견디고 서 있다. 사람들의 분주한 움직임, 예상보다 많은 사람들, 아는 얼굴들, 모르는 얼굴들, 불명확한 시스템, 어디에 서 있어야 할지, 어디에 앉아야 할지, 어디서 술을 가져오면 되는지…. 바로 그때 프로세코 와인이 제공된다. 다행이다. 맛있다. 그런데 로사는 어디에 있는 거지? 아, 바로 저기. 그녀가 여기로 오고 있다.

"삼촌!"

그의 조카는 화려하게 빛나 보인다. 그 빛남은 온전히 그녀의 젊음에 기인한다. 그녀는 상큼하고, 순수하며, 때묻지 않았다. 그녀는 즐겁다. 태양은 그녀를 따라다니고, 그녀를 비추어 빛나게 한다. 그녀가 그를 포옹하자, 그녀에게서 감귤 냄새가 풍긴다. 그건 그녀의 향수가 아니라, 그녀의 피부에서 풍기는 냄새다. 그녀는 열일곱 살이 되었고, 앞으로 맞이할 열일곱 살의 세상을 잘 견뎌낼 수 있을 거다. 다행히도 아직 그녀는 모르고 있지만. 그는 그녀를 힘껏 꼭 껴안는다.

"삼촌, 좋은 냄새가 나요."

그녀가 말한다.

"땀 냄새?"

"아니요. 맛있는 냄새요. 인도음식 같은 거요. 애프터쉐이브 바꾸셨어요?"

그들은 정원으로 걸어 들어간다. 뒤쪽에 있는 버드나무가지 울타리를 배경으로 바비큐가 한창이다. 그 옆에 프레이크가 짙은 파랑색 앞치마를 두르고 서 있다. 그는 집게를 석탄더미에 찔러 넣는다.

"이게 누구야! 우리 형님이 오셨네…."

그는 느긋이 웃으면서 말한다. 마치 그의 말 속에 농담이라도 숨어 있는 것처럼. 어쩌면 진짜 그럴 수도 있겠지만, 헹크는 전혀 알 길이 없다.

"오늘 생일 파티의 주인공을 벌써 만났구나."

"로사가 날 찾아냈어. 잘 어울리네, 그 앞치마."

"응, 고마워. 여기 뭐라고 써 있는지 알아?"

그는 헹크 쪽으로 몸을 돌려 헹크가 글씨를 읽을 수 있도록 그 파랑색 앞치마를 펼쳐 보인다.

"요섹남은 요리 중Mister Good Lookin' is Cookin."

헹크가 피식 웃는다. 그는 가방에서 와인 한 병을 꺼내 동생에게 전달한다. 동생은 즉시 레이블을 연구하기 시작한다. 안경이 없기 때문에, 멀찌감치 병을 들고, 글을 읽기 위해 애를 쓴다. 그 때문에 그의 윗입술은 올라가고, 얼굴은 다소 우스꽝스럽게, 토끼 같은 표정을 짓는다.

"나쁘지 않네."

우습게도 동생은 상상 속의 돋보기안경 너머로 얘기하듯이 헹크를 쳐다보며 말한다.

"꽤 좋은 와인이야. 고마워."

동생은 정원을 둘러본 다음, 마치 트로피처럼 와인 병을 들어 올린다.

"줄리아, 여기 봐봐. 훌륭한 메독이야. 형이 가져왔어."

줄리아는 손을 흔든 다음, 배에 스팽글 장식이 있는 짧은 블랙드레스를 입은 건장한 여성과 대화를 이어간다. 그녀는 어깨에 빨간 숄을 두르고 있다. 헹크는 이 마을 안쪽에 공방을 가지고 있는 도예가 자넷, 아니, 프레데리크, 아니다, 소냐, 아닌가? 별로 중요하진 않다. 여하튼 그녀를 알아본다. 헹크가 제대로 이해한다면, 그녀는 '어머니와 같은 지구Mother Earth'를 상상하며, 여성의 몸을 형상화 한 꽃병을 만든다. 죽음에 이르는 병처럼 견디기 힘들었고, 다시는 그녀와 말을 섞지 않겠노라 결심한 치명적인 결과를 초래했던 어떤 대화에서, 그녀가 그에게 설명해 주었었다. 프레이크와 줄리아가 그녀와 왜 그렇게 가까운 친구인지는 완전한 미스터리다.

"자, 이리로 와봐."

헹크가 로사에게 말한다.

"네 선물도 있어."

그들은 다시 집안으로 들어와 부엌 식탁 한쪽 조용한 곳에 자리를 발견한다. 로사는 포장을 뜯고 책을 유심히 바라본다.

"고마워요. 그런데 어떤 책이에요?"

"한 소년의 고민이 담긴, 음…, 어떻게 설명하면 좋을까? 어른이 되어가는 것에 관한 책? 좀 심각하게 들리긴 하지만."

"그러니까 성장소설 같은 거네요?"

"그래, 맞아. 그게 바로 내가 말하려던 거야. 어쨌든, 한 소년이 학교에서 로사라는 소녀에게 사랑에 빠지게 되거든, 그래서 생각이 났어. 하지만 이 책을 산 건, 내가 네 나이쯤이었을 때 이 책을 읽었기 때문이야. 난 이 책이 정말 재밌었거든. 그래서 네가 이 책을 어떻게 생각할지도 무척 궁금해."

그는 책의 스토리에 대해 이야기한다. 19세기 말 암스테르담과 제화공 가족의 가난했던 상황에 대해, 소년 케이스의 꿈에 대해 이야기한다. 그는 또 '수영장 뜀박질'에 대해서도 설명해준다. 그건 양팔을 흔들면서, 동시에 앞으로 넘어질 듯 뛰는 모습이다. 그렇게 하면 속도도 매우 빠르고, 많은 힘을 들이지 않고도 오랫동안 뛸 수가 있다. 그는 자신이 가장 좋아하는 마지막 장면을 자세히 설명한다. 방과 후 케이스는 로사를 만나고 싶은 마음에 이리저리 기웃거리고 있다. 물론 그 둘은 만나게 된다. 로사는 케이스보다 덜 수줍어하고, 잠깐 그의 팔을 잡고 걷기도 하고, 그의 어깨 위에 머리를 기대보기도 한다. 케이스는 용기를 내어 그녀의 손을 잡는다. 그들은 그렇게 서로의 손을 잡고 리듬에 맞춰 걷고 있다. 그리고 케이스는 이제 학교를 그만두고 월요일부터는 사무실에서 일을 시작할 거라고 얘기해 준다. 물론 말단사원이긴 하지만, 앞으로 전망이 좋은 일이다. 하지만 독자들은 알고 있다. 그것은 그가 원하는 바가 아니라는 걸. 그는 계속 공부하기를 너무도 바라지만, 집에는 돈이 필요했다. 그렇기에 그는 성숙한 태도로 이런 상황을 견뎌낸다. 바로 이것이 모든 성장소설의 핵심인지도 모르겠다-어른의 짐을 짊어진 아직 너무 어린 아이. 케이스는 겉으로는 남자답게 받아들이지만, 속으로는 오후 내내 금방이라도 눈물이 터질 것 같은 형언할 수 없는 우울감에 시달리는 소년이다. 로사는 그것을 알고 있다. 그녀는 그가 얼마나 슬퍼하는지를 보았고, 그날 학교에서 조용히 울고 있는 모습을 보았다고 말해준다. 그런 다음 그녀는 갑자기 그의 목을 감싸고, 그의 볼에 두 번, 그의 입가장자리에 두 번 키스를 한다. 그렇게 두세 번을 반복한다. 달콤한 내 사랑! 그런 다음 그녀는 돌아서서 달아나 버린다. 케이스는 그녀의 모습을 바라본다. 그는 웃으며, 동시에 눈물을 흘린다.

"그리고 마침내 마지막 장면이 나오지."

헹크가 얘기한다.

"그 장면은 눈물 없이는 읽을 수가 없어. 로사는 도망가 버렸고, 케이스는 조용하고 어두운 운하를 따라 집으로 걸어가지. 그런데 음악소리가 들려오는 거야. 기쁨으로 울려 퍼지는 음악소리가…. 책에 그렇게 적혀 있어. 그리고 자부심과 확신과 환희에 싸여, 그는 마치 자신이 지휘자가 된 것처럼 느끼지. 이것도 책에 나와. 그리고 마지막 문장이 등장하는데. 잠깐 책 좀 줘봐. 그래, 여기, 잘 들어봐. '그리고 그를 스쳐지나가는 사람들은 알지 못했다. 이제 그의 인생이 시작되었고, 무엇이든 할 수 있는 한 소년이 저기 걸어가고 있다는 사실을. 사람들은 그냥 평범한 소년, 아직 별다른 삶의 경험도 없는, 그냥 우연히 그곳을 걸어가는 소년으로 생각했다.' 하지만 사실은…, 그러니까…, 그게 아닌 거지…, 내 말은…."

"삼촌, 좀…."

"어, 미안해."

그들은 그렇게 앉아 있다. 덩치 크고 서투른 헹크와 젊고 아름다운 로사가. 그녀는 그의 팔뚝에 손을 얹는다.

"내일 당장 읽어 볼게요."

그는 고개를 끄덕였다. 그는 작가 테이슨의 문장이 왜 그토록 감동적으로 다가왔는지 생각해본다. 콧물을 훌쩍거리며 앉아 있는 이 모습은 지금, 여기, 이렇게 성공한 부잣집에 너무도 어울리지 않는다. 그는 늙어가고 있다. 그게 이유다. 늙었고 감상적이 되었다. 로사의 찬란한 젊음은 그의 세월을 지극히 사실적인 눈으로 보게 만들었다. 그가 늙었는가? 그렇다. 그는 늙었다. 인생의 대부분이 이미 지나갔다. '휙' 하고 사라져버렸다. 만약 운이 받쳐준다면(그리고 다이어트를 한다면) 한 25년 정도 남았을 테고, 그게 다다. 25년!

그는 로사가 건네준 휴지로 눈물을 닦아낸다. 하지만 그는 자신의 기대수명을 예상하는 동안 갑자기 떠오른 훨씬 더 고무적인 생각에 완전히 사로잡혀 있다. 그에게 남은 시간이 25년뿐이라면, 그래, 그는 이제 낭비할 시간이 없다! 인생의 고삐를 부여잡고, 더 이상은 놓아주지 말아야 한다! 그는 자신의 몸이 에너지로 충만해지는 것을 느낀다. 일어나서 모든 사람들과 악수를 하고 싶은 마음이다. 그는 코를 풀고 조카에게 미소를 보낸다. 깊이 숨을 들이쉰다. 그리고 생각한다-한 순간도 낭비하지 말자! 또다시 생각한다-인생의 고삐를 쥐고, 더 이상은 놓아주지 말자! 그런 다음 그는 생각한다-*이따 미아에게 가야겠다.*

줄리아는 누구나 부러워할만한 멋진 호스트의 모습으로 편안하고 여유 있는 발걸음으로 부엌으로 들어간다. 그녀는 프로세코 병을 들어 보인다.

"헹크, 한 잔 더 하실래요?"

그리고 그녀에게 키스를 한다.

"그런데 정말 맛있네요. 그 메독 말이에요. 우리가 정말 좋아하거든요. 자, 여기 한 잔 받으세요."

그리고 그녀의 옷을 벗기고….

"손님들께 이 와인을 좀 돌리고 금방 다시 올게요. 그럼 꼭 얘기해주세요. 요즘 어떻게 지내고 있는지. 알겠죠?"

그리고 그녀와 섹스를 한다….

뭐라고? 그는 깜짝 놀라서 갑자기 의자를 뒤로 밀고, 그 바람에 의자는 부엌조리대에 부딪힌다. 그리고 부드럽게 '쨍' 하는 소리가 들린다. 분명히 조리대 위에는 와인 잔 몇 개가 놓여 있다. 이 작은 사고의 여운은, 와인 잔이 떨어지고, 사람들이 돌아보고, 적극적인 누군가가 빗자루와 쓰레받기를 가지고 달려오는 상상으로 이어진다. 그러나 그런 일은 일어나지 않았고, 너무도 다행히 그 와인 잔들은 그대로 서 있다.

"이리 와 봐요."

로사가 말한다.

그녀는 그의 팔을 잡고 정원으로 데려간다. 그녀는 이곳저곳에 그를 소개해준다. 그는 이야기를 나누고, 고개를 끄덕인다.

"중환자실 간호사에요. 뭐 그렇게 나쁘진 않습니다. 결국 아픔은 도처에 있으니까요. 그런데 당신은요?"

"헤드헌터에요."

그는 술을 마신다. 로사는 사라졌다. 그는 방황한다. 그리고 그 도예가를 발견하고, 몸을 피한다. 해는 졌지만 더위는 거의 사그라지지 않았다. 프레이크는 바비큐 연기에 휩싸여 움직이고 있다.

"예, 중환자실 간호사에요. 사실은 전혀 나쁘지 않아요. 대부분의 사람들이 병원에서는 살아 있다가, 결국 집에서 죽음을 맞으니까요. 하하하."

프레이크가 고기가 담긴 플라스틱 접시를 그의 손에 쥐어준다. 그는 고기를 먹는다. 술을 마신다. 그리고 방황한다. 저기 다시 로사가 보이고, 그에게 손을 흔든다. 그도 손을 흔들어 답한다. 그녀는 멋지다. 그리고 그는 외로움을 느낀다. 그는 또 줄리아와 마주치고, 그녀는 직장에서 일어난 일에 대해 이야기를 하다가, 이야기 중간에 다시 사라진다. 그는 술을 조금 더 마신다. 제법 많이 마신다. 그리고 방황한다. 저기 다시 도예가가 나타나고, 그는 정신을 번쩍 차릴 수 있을 만큼 아직은 멀쩡하다. 그는 손님들 사이를 지그재그로 능숙하게 이동해서 사라진다. 그는 집 안으로 들어가 휑한 거실에서 피난처를 찾고, 술을 좀 더 마신다.

알코올이 엉덩이춤을 추며 그의 혈관을 따라 흘러가는 동안, 그는 생각한다. 그래 좋아. 주저할 필요가 없다.

그는 그녀와 섹스를 해야 한다.

* * *

"당신에 대해 좀 더 알아봐야겠어요. 그렇지 않으면 당신이 나를 피하는 거라고 생각할 거예요."

다시 드는 생각-프레이크와 줄리아가 도예가와 친구인 이유는 정말이지 미스터리다. 그녀는 일주일에 두세 번 그들과 함께 식사를 하고, 이 집에는 그 끔찍한 꽃병이 적어도 세 개가 놓여 있다. 프랑스에 있는 별장에 갈 때도 그녀가 종종 같이 동행한다. 그곳에서 그녀는 알몸에 앞치마만 걸치고 마당에서 작업한다는 얘기를 로사에게 들었다. 로사는 그녀가 물레를 돌리기 위해 발을 움직일 때마다 실룩실룩 움직이는 튼실하고 새하얀 엉덩이에 대해 얘기하며 킥킥대고 웃었다.

지금 그녀가(키는 그와 비슷하고, 볼록 나온 배 부위에 조잡한 스팽글 장식이 달려 있는 블랙 미니드레스를 입고, 여자아이들이 그러는 것처럼 엉덩이를 옆으로 삐죽 내밀고, 한 손을 옆구리에 올리고 있는) 마치 그에게 경고라도 하듯이 살짝 실룩거리는 그녀의 새하얀 엉덩이를 그는 분명 눈앞에서 보고 있는 것만 같다. 프레이크가 도예가를 좋아하는 건가? 줄리아가 도예가를 좋아하는 건가? 서로서로 좋아하는 그런 사이인 건가? 맙소사! 극도의 혐오감을 드러내지 않고 헹크는 어떻게 이것을 말로 표현할 수 있단 말인가? 이들 상호간의 성적 관계를.

"프레이크의 큰형은 어때요?"

"형은 죽었어요."

그가 무슨 말을 하는지는 중요하지 않다. 그녀는 곧 자기 자신에 대해, 그 끔찍한 화병에 대해 이야기를 시작할 것이고, 그가 그녀를 때려죽일 때까지, 아니 그러니까, 그가 예의 있게 "실례하겠습니다!"라며 양해를 구하고 그 자리를 피할 때까지 그녀는 멈추지 않고 얘기할 것이다.

"술 취하셨어요?"

헹크는 그 질문을 하는 그녀의 눈이 가늘어지고, 다소 살집이 있는 그녀의 얼굴이 의심 가득한 표정으로 변하는 모습이 너무도 우습다. 갑자기 그는 이제 유익한 대화를, 아니, 재미있는 대화를 할 수 있겠다고 생각한다. 그는 그녀를 혼란스럽게 만들어야 한다. 일반적이고, 예의 바르고, 적절하고, 합리적이고, 관습적이고, 사교적이고, 허용 가능한 경계를 벗어난 단어들을 선택해야 한다. 그래서 왠지 기대에 어긋난 단어 선택이지만, 그렇다고 미친 거라고 보기도 어려운 그런 말을 내뱉어야 한다. 그러면 그녀는 어떻게 해야 할지 몰라 할 테고, 그녀의 얼굴은 울그락불그락하며 어떻게 반응해야 할지 고민할 것이고, 그러다 지쳐서 표현의 교착 상태에 도달해 결국 모든 표현이 사라지고, 기껏해야 낯선 환경에서 주변을 두리번거리던 사람들이 갖는 그런 당혹감만을 갖게 될 거다. 하지만 그는 너무 늦어버렸다.

"저는 요즘 그림을 그린답니다. 누드화요. 이상한 건 아니고요, 아주 멋있어요. 당신이 내 모델이 되어주면 좋겠네요. 프레이크한테 들었는데, 당신도 그런 종류의 일을 한다고요?"

제기랄. 그의 시선은 열린 미닫이문을 통해 정원으로 달려가고 있다. 정원 뒤편엔 저녁 하늘을 배경으로 아직 바비큐 연기가 피어나고 있다. 프레이크는 보이지 않지만, 로사가 눈에 들어온다. 그녀는 키가 크고 마른 소년에게 기댄 채 한쪽 팔로 그의 허리를 감고 있다. 다른 쪽 팔로는 열심히 손짓을 하며, 한창

이야기에 집중하고 있다. 그러다가 그를 발견한다. 그녀는 손을 흔든다. 그도 손을 흔들며 답한다. 그녀는 다시 한 번 바라보고는 씩 웃으며 자신의 엉덩이를 장난스럽게 툭툭 치는 흉내를 낸다.

"언젠가 작업실에 오시면 작품을 보여드릴게요. 제 작업실이 어디에 있는지 아세요? 여기 길을 따라가다 보면…, 잠시만요. 그러지 말고 지금 직접 가볼까요? 걸어서 몇 분밖에 걸리지 않아요."

헹크는 이제 신속하고 단호하게 행동해야 한다. 도예가는 여전히 엉덩이를 삐죽 내밀고, 한 손은 허리에 올린 채 그의 앞에서 있지만, 그녀 몸 속 무언가는 그를 작업실로 데려가기 위해 이미 저 문을 나서고 있다. 그는 절대로 그렇게 되도록 허락해서는 안 된다. 어떤 경우라도, 현재의 상황이 도예가와 단둘이 있는 상황으로 발전해서는 안 된다.

"아니요."

그는 말한다.

"잠시 로사와 이야기하고 싶군요. 프레이크도 봐야 하고요. 그리고 오늘 밤 굉장히 매력적인 여성분과 또 다른 약속이 있습니다. 무엇보다 저는 소변이 마려워서. 그럼 실례하겠습니다."

그리고 그는 간다!

필요한 경우라면, 헹크는 얼마든지 빨리 움직일 수 있다. 마치 국가대표 운동선수처럼 발걸음은 가볍다. 그는 이미 복도에 있는 화장실 근처까지 와 있다. 하지만 옆에 있는 계단이 눈에 들어오고, 위층에도 화장실이 있다는 생각을 한다. 그곳이 훨씬 안전한 장소인 것 같다. 그래서 여전히 가벼운 발걸음으로, 한 번에 두세 칸씩 계단을 올라간다. 그곳엔 이미 사람들이 붐비고 있다. 그리고 저기 화장실, 자, 이렇게 들어와서, 문을 걸어 잠근다. 그는 이제 안전하다. 취기 때문에 약간 현기증이 난다. 그래서 변기뚜껑을 덮고 그 위에 앉는다. 이렇게 앉아 있으니, 정말 오줌을 눠야 한다는 생각이 들고, 그래서 다시 일어나 변기뚜껑을 올리고, 바지를 벗고 앉는다. 오줌을 너무 오래 참았다. 방광은 긴장되어 있고, 오줌 줄기는 가늘다. 몇 년 전부터 가끔씩 의심해 온 전립선비대증이 아닌가 생각하지만, 오줌 줄기는 점차 굵어진다. 좋은 일이다. 이렇게 앉아 있으니, 피곤이 밀려온다. 그는 손으로 머리를 감싸고 눈을 감는다. 편안하다. 그 도예가와 대화하는 동안 쌓인 긴장감이 조금씩, 조금씩 사라지고, 버스에서 가졌던 휴식, 세상을 그토록 반짝거리게 만들었던 시원하고 평온하고 단순했던 그 휴식 그리고 결국엔 미아를 만나게 되었던 그 휴식을 떠올린다. 그녀는 어디에 있을까? 콘서트는 이제 끝났을까? 연주는 훌륭했을까? 그녀도 그에 대한 생각을 했을까? 아직도 좋은 냄새가 날까? 이미 식사를 했을까? 그렇다면, 뭘 먹었을까? 저녁 하늘빛이 얼마나 아름다운지 그녀도 보고 있을까? 그는 전화기를 손에 든다. 그리고 그녀가 메시지를 보냈을 거라는 마법 같은 희망을 안고 전화기를 쳐다본다. *좀 이따 우리 술 한 잔 같이 할까요?* 예. 좋아요. 그리고 집으로 같이 가서, 당신과 함께 침대로 가겠어요. 그리고 당신과 섹스를 하고 싶어요.

아, 헹크. 그는 손을 씻으며 자신의 얼굴을 바라본다. 그리고 생각한다. 그래, 저 모습이 나야. 의심할 여지없이.

그가 다시 이층 복도로 나오자, 소리가 들려온다. 열려 있는 들창을 통해 정원이 내려다보인다. 프레이크는 아직도 앞치마를 두른 채 대화를 나누며, 동시에 플라스틱 접시의 음식을 먹고 있다. 그리고 다른 건 모른다 하더라도, 이런 종류의 장소에서 즉시 알아볼 수 있는 몸동작이 나타난다-찌른 포크가 플라스틱 접시에 구멍을 내고, 접시는 반토막이 나서 절반만 붙어 있고, 입으로 가야 할 고기가 떨어질 위험에 처하고, 포크에서 아마도 잔디밭으로 떨어지려고 하는 고기를 급히 몸을 구부려

입으로 받아낸다. 성공. 프레이크는 다시 똑바로 서서, 고기를 씹으며, 고개를 끄덕이고, 손등으로 입을 닦아낸다. 접시에 넉넉히 남아 있는 소스는 고기를 재빨리 먹어야 했던 급박했던 상황의 대가다. 예전에도 생각했지만, 프레이크는 얀을 많이 닮았다. 키가 크고, 날씬하고, 몸이 가볍다. 얀은 수척하게 야위고, 병들고, 외롭고, 낙담하고, 완전히 망가진 채 무허가 주택에서 죽어갔다. 그의 죽음은 수십 년에 걸친 고통과 비참함의 종식을 의미했기 때문에, 얀 자신뿐만 아니라 그와 접촉했던 모든 사람들에게도 일종의 안도감을 주었다. 정신질환, 마약, 도둑질과 거짓말, 폭력, 쇠약해가는 몸, 자살시도, 약물과다복용. 음…, 그런 삶을 자세히 묘사할 필요는 없을 거다. 요점은, 그것은 모든 면에서 안도였다고 생각할 수 있다는 것이다. 그리고 그 다음 요점은, 헹크와 프레이크가 그 후 몇 달 동안 서로 끈끈한 만남을 유지했던 이유가, 그들은 그 어떤 안도감도 느끼지 못했기 때문이라는 것이다. 오히려 그들은 얀이 죽은 후 몇 달 동안, 집단적인 안도의 한숨과 평온함 그리고 수용적인 분위기에 숨 막혀 질식할 지경이었다-그런 믿기 힘든 운명의 잔인함에 맞서 저항하고, 분노하고, 고발하는 단 한마디의 외침도 존재하지 않는다는 사실에 숨이 막혔다. 그들은 슬펐다. 그들은 형을 잃었다.

헹크는 프레이크가 사람들 사이를 지그재그로 한 바퀴 돈 후에 다시 바비큐 장소로 돌아가는 모습을 본다. 그는 저기에서는 어깨에 한 손을 얹고, 또 다른 저기에서는 농담을 주고받는다. 마치 감탄하는 청중들 사이를 지나 입에 발린 거짓말을 풀어놓기 위해 강단으로 걸어가는 정치인 같다.

도예가가 테라스에서 누군가를 뒤쫓고 있고, 헹크는 정치인을 생각하고 있기 때문에, 그는 〈택시 드라이버〉 생각이, 트래비스 생각이 떠오른다-그는 면도기로 머리를 밀고, 안주머니에 총을 넣고, 거짓말을 영원히 잠재우기 위해 그 정치인에게로 가는 길에 굳은 미소를 날린다. 갑자기 정원은 흥미진진한 장면으로 바뀐다. 프레이크는 바비큐 장소로 돌아오지만, 도예가는 프레이크가 했던 것처럼 지그재그로 사람들 사이를 헤집으며 뒤쫓고 있다. 그녀의 움직임은 마치 로봇 같고, 어쩌면 자신의 애인일지도 모르는 그 남자에 시선을 고정한 채, 아니면 그녀와 줄리아를 본 그 남자를…, 그만! 더는 생각하지 말자. 공격은 일어나지 않았다. 그 도예가는 마치 난자 속으로 들어가는 정자처럼 갑자기 원형으로 둘러싼 정원의 사람들 속으로 끌려들어간다. 그리고 실제로 생명이 잉태된 것처럼, 분주하고 활기차게 이야기를 시작한다. 몇 미터 떨어진 곳에서는 프레이크가 바비큐 그릴에 새로 고기를 올려놓고 있다. 그는 그릴 위 상황에만 집중하고 있기에, 자신의 탈출에 대해서는 전혀 눈치 채지 못하고 있다.

그들의 큰형. 그들의 대화에 얀이 등장한다면, 그건 무너져가던 얀이 아니라, 어릴 적 그들이 기억하는 큰형의 모습이었다. 예를 들어, 열세 살, 열네 살이었던 형은 오래된 문짝을 호수에 띄워놓고 마치 뗏목처럼 만들어 올라탔다. 한쪽에 서 있던 헹크와 프레이크는 무섭고 긴장되었지만, 또 한편으론 뿌듯해하며 그를 바라보고 있었다. 형은 얼음처럼 차가운 물에 빠졌지만, 다시 문짝 위로 올라와, 호숫가에 서 있던 긴장한 두 소년을 향해 활짝 웃음을 지어보였다.

얀이 죽었을 때는 부모님은 이미 세상을 떠난 지 오래였다. 그의 친구들도 오래전에 그와 멀어졌다. 그를 자랑스럽게 기억하는 사람은 그의 두 동생들, 헹크와 프레이크를 제외하면 아무도 남아 있지 않았다. 어쩌면 큰형을 생각하면 늘 떠오르는 감정, 바로 그 자랑스러움 때문에, 그들은 사람들의 안도감에 거부반응을 일으켰고, 슬퍼했고, 서로 가까워질 수 있었던 건지도 모른다. 여전히 이층 복도에 서서 정원을 내려다보고 있는 헹크는, 오늘 아침 프레이크와 통화를 한 후 느꼈던 그 감정을 다시 느끼며 생각에 빠져 있다-서로가 더 가까워졌으면 하는 바람, 동생을 지금보다 더 많이 사랑해야지 하는 마음, 그들이 뿔뿔이 흩어지기 시작한 그 시점으로 돌아가, 다른 선택, 더 나은 선택을 하기 위해 시간을 되돌려야겠다는 생각. 만약 그렇게 된다면, 지금처럼 이런 생각들을 하며 여기 이렇게 서 있을 필요가 없을 텐데 말이다.

* * *

그는 로사의 방으로 왔다. 어떻게, 왜 여기로 왔는지는 명확하지 않다. 아래층에 갔다가 온 건가? 와인을 더 마신 건가? 아마도. 그의 손에는 포도주가 가득 담긴 와인 잔이 들려 있고, 발치에는 거의 마시지 않은 와인 한 병이 놓여 있다. 그런데 왜 그는 다시 위층으로 왔고, 왜 로사의 방문을 열었고, 왜 그녀의 침대에 앉아 있는 것일까? 헹크는 알지도 못할뿐더러, 크게 관심도 없다. 그는 로사의 침대에 앉아 와인을 마시고 있다. 그것뿐이다. 사실 그 와인은 헹크가 프레이크를 위해 가져온 바로 그 메독 와인이고, 아, 맞다, 그가 조리대에서 이걸 발견하고 위층으로 가져왔다. 우리가 알고 있듯이, 좋은 와인이다. 괜찮은 와인이라서 다행이다. 가격도 비싼데 맛까지 없다면 우울할 테니까. 그는 유리잔에 코를 대고 킁킁거린다.

"음, 섬세한 체리향과 은은한 장미향의 밸런스가 아주 좋군."

프레이크는 너무도 천연덕스럽게 그렇게 표현하곤 한다. 사실 부러운 부분이기도 하다. 소탈함, 자유 그리고 여유. 그것은 서글서글하고 캐주얼한 그의 행동에서도 볼 수 있다.

맙소사. 피곤이 밀려온다. 와인 한 모금을 마신다. 맛있다. 농익은 여자에게서 풍기는 살 냄새가 난다. 이제 헹크가 질문을 해 볼 적절한 타이밍인 것 같다. 혹시 프레이크와 줄리아와 그도예가 사이에 성적인 관계성이 존재하는지. 좀 정확히 말하자면, 그들이 서로 섹스를 하는지. 조금 더 명확히 표현하자면, 프레이크가 흥분한 채로 프랑스별장 마당에 있는 그녀에게 몰래 다가가, 그녀의 그 씰룩거리는 엉덩이를 잡고….

아니, 주제를 바꿔보자. 그는 와인을 좀 더 마신다. 그가 로사에게 선물한 책이 책상 위에 놓여 있는 걸 발견한다. 책상은 어질러져 있다. 로사의 방 자체가 아수라장이다. 이것이 그녀에 대해 뭔가를 말해준다고 할 수 있을까? 리디아의 책상과 서재는 언제나 어수선했다. 때때로 그녀가 청소해보려 했지만, 성공

적이지는 않았다. 그녀는 항상 모든 책과 서류(그리고 손수건, 껌, 치실, 타이레놀, 생리대…)를 넣을 만한 서류상자, 폴더, 선반 등의 정리 시스템을 만들어 보려고 온갖 노력을 다했다. 하지만 실현되진 않았다. 그 시스템은 결코 작동된 적이 없다. 이 세상엔 정리하지 않고 놔두거나 너덜너덜한 상태로 내버려두거나, 분류하지 않은 잡동사니들을 결국엔 여기저기 쑤셔 넣고 보는 짜증나는 습관들이 존재한다. 여기저기-이 단어는 우리의 현실에 대해 많은 것을 말해준다. 정리를 못하는 것은 열역학 제2법칙, 그러니까 증가하는 엔트로피의 결과이며, 그러므로 지극히 정상적인 것이다. 심지어 필요한 것일 수도 있다. 하지만 그러는 동안 우리는 많은 문제들을 떠안을 수 있다. 다행히도 리디아는 별 문제를 느끼지 않았다. 그녀는 다시 직장으로 돌아갔고, 집안은 더욱 엉망이 되어갔다. 로사 방의 어수선함에 대해 언급하자면, 한마디로 그녀는 열일곱이다.

그렇게 헹크는 그다지 일관성도 없고, 그리 흥미롭지도 않은 생각들 사이를 방황하고 있다. 혈액 속 많은 양의 알코올 탓이다. 그러는 동안 그의 시선은 로사의 책상 위쪽 책꽂이에 있는 어떤 물건에 꽂혀 있었다. 하지만 정확히 그 물건이 무엇인지는 아직 그에게 와닿지 않는다. 그것은 멋지게 양식화된 형태이고,

나무와 밧줄로 만들어진 작품이다. 옅은 햇살이 내려앉은 그 물건은 마치 막 도약하려는 듯 보였다.

말 조각상! 헹크는 와인 잔을 옆으로 치워두고 일어선다. 그리고 책꽂이에서 말을 가져와 자세히 바라본다. 오랫동안 잃어버린 그 물건을 이렇게 갑자기 그의 멋진 조카, 로사의 방에서 발견한 그는 너무 기쁘고, 너무 행복하고, 너무 감격해서 조각상을 포옹할 것만 같다. 오, 저기를 보라. 그 일이 실제로 일어나고 있다-그는 말 조각상을 껴안는다. 그의 육중한 가슴에 대고 눈을 지그시 감은 채, 사랑스러운 동물조각상을 정말로 품에 안고 있다.

헹크가 느끼는 엄청난 기쁨은 단지 술 때문만은 아니다. 이 동물은 아무렇게 버려진 게 아니었다. 이렇게 로사가 보관하고 있었다. 그는 자신의 조카가 이따금 관심을 가지고 이 목재 동물을 유심히 관찰할 거라는 걸 전혀 의심하지 않는다. 그건 그녀에게도 도움이 될 것이다.

자세한 관찰을 통해 자신의 이야기를 현실세계와 연결시키게 되고, 그렇게 되면 자신의 정체성이 방황하고, 표류하고, 마침내 망상이 되어버리는 것을 막을 수 있게 된다. 그러므로 자세히 살펴보고 관찰하는 행동은 '현실자각' 또는 '현실직시'와 같은 역할을 한다. 하지만 이건 헹크에게 더욱 큰 의미를 갖는다.

그것은 진실성, 그러니까 지적인 정직성의 문제이기도 하다. 진실은 중요하고, 진실을 찾기 위한 노력은 그에게 고귀한 의미를 지닌다. 그래서 이야기를 만날 때마다, 그 속에서 발견할 수 있는 것들을 자세히 보고 관찰하는 것은 고귀한 일이다. 예를 들어, 이 말 조각상은 배나무 같은 가벼운 목재로 만들어졌다. 측면이 움푹 패어 있다. 분명 미세한 자국이지만, 그 상처를 자세히 들여다보면 실제로 동정심이 발현된다. 갈기는 꼬여 있지 않은 밧줄다발들로 만들어져 있고 목에 뚫린 작은 구멍들에 끼워져 있으며, 그중 두 개의 구멍에는 밧줄이 빠져 있다. 꼬리는 땋아져 있지만 끝단이 풀려 있고, 갈기처럼 부들부들한 느낌이다.

"여기에서 뭐하세요?"

로사가 열린 문 앞에 서 있다. 그녀는 흥미롭다는 표정을 짓고 있다. 헹크가 그녀의 사생활을 침해했다는 사실에 놀라거나, 충격 받거나, 짜증나 있는 표정은 분명 아니다. 그녀는 이 장면이 재미있다고 생각한다. 실제로도 그렇다. 게다가 로사는 취해 있다. 물론 아버지의 시선을 피해 몰래 몇 잔의 와인을 마셨고, 알코올이 주는 도취감, 편안함, 쾌활함, 단순함에 빠져 있기에, 자기가 좋아하는 삼촌이 말 조각상을 가슴에 품고 있는 이 재미있는 장면 외 다른 것은 보이지 않을 거다.

"삼촌, 많이 행복해 보이는 거 아세요?"

헹크도 취해 있다. 그는 로사의 등장에 놀라거나, 당혹감을 느끼지 않았다. 그는 미소를 짓고, 고개를 끄덕이며 말한다.

"나 행복해. 봐봐, 이 말 조각상. 이게 우리 부모님 거였는데, 없어졌다고 생각했거든, 잃어버린 줄 알았지. 그런데 지금 갑자기 다시 돌아왔어. 놀라운 일이야!"

"내가 가지고 있는 거 몰랐어요?"

"전혀 몰랐어."

"예전에 아빠 사무실에 있었어요. 그래서 내가 많이 가지고 놀았었죠. 제가 열두 살 정도였을 때 아빠한테서 그걸 받았고요. 사랑스럽죠?"

"너무 사랑스럽지. 우리 부모님 거라는 걸 알고 있었어?"

"네, 할아버지와 할머니 말이죠. 그런데 계속 그렇게 서 있을 거예요?"

헹크는 자리에 앉는다. 조각상은 이제 자신의 넓은 가슴이 아니라 무릎 위에 올려둔다. 로사가 그의 옆에 와 앉는다. 그녀는 손가락으로 코를 비비적대며 킥킥 웃는다.

"저 좀 취했어요."

"나도."

"알고 있어요. 얼마나 마셨어요?"

"질문이 잘못 되었어. 얼마나 더 마실 수 있어요라고 물어야지."

그는 몸을 앞으로 굽혀 바닥에 있는 와인병을 들어 올린다.

"아직도 꽤 많이 남은 걸요. 그걸 다 마실 거예요?"

"모르겠어. 하지만 안심이 돼. 거의 가득 차 있는 와인병을 보니까, 아직도 많이 남아 있구나 하고. 그리고 아래층에는 네 아빠가 구운 고기도 아직 많이 남아 있고. 그게 마음을 안심시켜주네. 그 풍족함이. 우리가 굶주리고 목말라 비참한 종말을 맞게 되는 것과는 거리가 먼 일이라고 느껴져서 그런가봐."

"어휴, 진짜로 취하셨네요. 삼촌, 사실 저 잠시 누워 있으려고 이층에 올라온 거거든요. 잠깐만 누워 있을까요?"

"나도 그럴까? 남자친구 괜찮겠지?"

"왜요? 저한테 키스할 생각이세요?"

"물론 아니지."

"그럼 누워 보세요."

"알았어. 그럼 잠시만 누워 있자."

헹크는 말 조각상을 로사의 책상 위에 올려놓고 몸을 누인다. 로사가 그의 옆으로 와서 눕는다. 침대가 꽉 찬다. 로사의 침대는 싱글 사이즈이고, 정상적인 상황에서는 이렇게 가까이 누워 있는 게 불편하지만, 술 덕분에 전혀 그렇게 느껴지지 않는다. 그들은 둘 다 아주 편안함을 느낀다.

"로사?"

"네."

"나 사랑에 빠졌어."

"정말요? 우와, 잘 됐어요! 누구예요? 설마 글로리아는 아니겠죠?"

아하, 그랬군. 글로리아. 그 도예가. 그는 스팽글로 장식된 소녀 같은 글씨체의 그 이름을 떠올린다.

"맙소사. 아니야. 날 어떻게 보고."

"그 여자 엉덩이가 섹시하잖아요…."

그들은 함께 킥킥대고 웃는다.

"로사, 네 아빠가…."

"아빠가 뭐요?"

"응. 네 아빠 혹시…, 네 엄마도…, 글로리아와…, 어떻게 말해야 하나?"

"뭔데요?"

"함께 섹스를 하는 거야?"

"아니에요! 맙소사! 삼촌!"

"미안해, 진짜 미안해. 그런데 갑자기 그런 생각이 들어서…. 미안. 방금 한 말 잊어버려."

"왜 그런 말을 했어요? 상상하게 되잖아요!"

로사는 끔찍한 장면을 피하려는 듯 두 손으로 얼굴을 가리고 있다. 헹크 역시 피할 수 없는 이미지를 만들어냈고, 거기엔 도예가의 새하얀 엉덩이가 중요한 역할을 하고 있다. 정말 끔찍하다. 살짝살짝 씰룩거리는 그 엉덩이.

그는 당황하며 또 상상을 이어간다. 그녀의 작업용 앞치마 끈이 커다란 나비 모양으로 매듭져 있고, 그 커다란 매듭은 마치 엉덩이를 패러디한 것처럼 보인다. 그는 웃음이 터져 나온다. 로사가 그의 가슴을 때린다.

"아니야, 아니야!"

하지만 이제 그녀도 함께 웃고 있다. 그리고 이렇게 터져 나온 웃음을 참으려 하지도 않는다. 그녀가 진정되기까지 약간의 시간이 흘렀고, 그 시간 동안 뭐라 설명할 수 없을 만큼 막연하지만, 헹크와 로사를 더욱 가까워지게 만든 무엇인가가 생겨났다. 일단 진정이 되자, 헹크가 말을 꺼낸다.

"그 여자 이름은 미아야."

로사는 약간 고개를 돌려 그의 얼굴을 쳐다본다. 그녀의 얼굴엔 붉은 주근깨가 있다.

"미아. 이름이 예쁘네요. 미아에 대해서 모두 말해 주세요."

"그렇게 많지는 않아. 버스에서 만났어. 아니, 아니지. 오늘 아침에 빌런과 산책할 때 만났어. 보트하우스에서 살아. 그런데 오늘 오후에 여기로 오는 버스에서 그녀를 다시 만난 거야."

"그게 다예요? 그리고 삼촌은 지금 사랑에 빠진 거고요?"

"응. 굉장히 사랑스러운 여자거든."

"그게 중요하죠. 사랑스러운 여자라는 거요. 그게 바로 삼촌한테 필요한 거거든요. 사랑스러운 여자."

"그래?"

"네. 그냥 삼촌을 좋아해 주는 여자. 헹크라는 사람을 사랑하는 여자요."

그녀는 손가락으로 그의 가슴을 쿡쿡 두 번 찌른다.

"삼촌을. 헹크를."

그리고 질문을 이어간다.

"외모는 어때요?"

"내 나이쯤이고, 긴 은발머리에 날씬해. 그렇게 키가 크진 않아. 눈이 정말 예뻐. 눈동자는 녹색일 거야. 패티 스미스를 좀 닮았어. 그게 누군지 알아?"

"몰라요."

"가수이고, 아주 훌륭하지. 그리고 예쁘고. 패티 스미스를 닮긴 했지만, 미아가 더 부드럽고 더 아름다워."

"멋있을 것 같아요."

"그런데…."

"그런데요?"

"계속 그녀를 만나고 싶다는 생각만 하고 있어."

"뭐라고요?"

"말을 할 용기가 안 나서…."

"그냥 말해요. 그게 항상 최선의 방법이에요."

"내가 그녀와 사랑을 나누고 싶다고?"

"네, 물론이죠. 삼촌은 사랑에 빠졌잖아요."

"그렇게 해도 미친 것 같지 않겠지?"

"아니요."

"너무 무례하려나?"

"아니요."

"나쁜 사람 같지는 않을까?"

"아니요."

"애처로워 보이면?"

"아니요."

"성차별적이거나?"

"전혀 아니요."

"아니야?"

"아니에요. 이게 처음이에요, 사랑에 빠진 게? 리디아 이후에?"

"응. 그런 것 같아. 그런데 피곤하지 않아? 나는 정말 피곤하네."

"저도요. 그래서 눕고 싶었던 거예요. 그 여자와 만날 약속은 하셨어요?"

"아니."

"왜 안했어요? 전화번호는 있으세요?"

"아니."

"인스타는요? 페북은요? 트위터는 알아요?"

"아니, 아니, 아니."

"삼촌은 도대체 어떤 세상에 살고 있는 거예요? 어디에 사는지는 알고 있어요?"

"응."

“아하! 그러면 찾아가면 되겠네요. 언제 갈 거예요?”

“잘 모르겠어.”

“당연히 오늘 가셔야죠. 조금 있다가. 바로.”

“나는 지금 여기에 있는데. 그래, 어쩌면 조금 있다가 그럴 수도. 지금 몇 시야?”

“일곱 시와 아홉 시 사이요.”

“아주 잠시만 눈 좀 감고 있을게….”

“전 이미 감고 있어요.”

* * *

그들은 잠이 들었다. 삼촌 헹크와 조카 로사, 그들은 선잠에 빠져 있다. 잠에 들었다기보다는 취해 있는 상태에 가깝다고 할 수 있다. 어쨌든 그들은 거기에 누워 있다. 덩치 큰 남자와 날씬한 여자, 두 사람이 아주 친밀하고 편안하게 싱글침대에 누워 있는 장면은 감동적이다. 장밋빛 저녁 햇살이 그들 위를 비춰준다. 책상 위의 작은 말 조각상이 그 장면을 보고 있다. 이번엔 그 말이 이 장면을 유심히 들여다보고, 자세히 관찰하며, 이 장면 속에서 진실을 발견하려는 고귀한 노력을 기울이고 있다. 그 말은 분명히 친밀한 모습을 볼 것이고, 삼촌과 조카가 지난 몇 분 동안 아주 즐거워하며 서로 더 가까워졌다는 사실을 이해하게 될 것이다. 그들 자신은 아직 그것을 깨닫지 못한다. 그것은 앞으로 며칠 혹은 몇 주가 지나고서야 알게 될 깨달음이며, 결국 평생 동안, 헹크가 죽는 날까지 우정으로 지속될 것이다. 그래, 그렇게 될 것이다. 어느 겨울의 끝자락, 연로한 그가 93세의 나이로 숨을 거두게 될 때, 로사는 그의 옆에 있을 것이다. 그녀는 그의 얼굴에 흐르는 땀을 닦아 줄 것이고, 빨대를 이용해 마실 것을 줄 것이며, 대머리가 된 그의 두피를 부드럽게 긁어 줄 것이다. 그녀는 고통을 느끼는 그의 모습을 지켜보다가, 그가 말한 대로 직접 모르핀 용량을 늘리게 될 것이다. 그녀는 그가 죽음을 두려워하지 않는다는 걸 알게 될 것이며, 그것이 그녀의 아픔을 다소 진정시켜 줄 것이다. 그녀는 페르난두 페소아의 시[8]를 읽어 줄 것이다. 그가 이 시를 무척 좋아한다는 걸 알고 있기 때문에.

봄이 올 때,

만약 내가 죽게 된다면,

꽃들은 예전처럼 피어나고, 나무들은…

비가 내릴 것이다. 문득 봄의 기운을 느낄 수 있는 상쾌하고 촉촉한 소낙비에 그녀는 흠뻑 젖어 있을 것이다. 그러는 동안 페소아의 시 구절이 그녀의 마음속을 맴돌고, 헹크의 관은 무덤으로 들어가며 시야에서 사라져갈 것이다. 로사도 나이가 들어가겠지. 그녀는 종종 그의 목소리를 듣게 될 거고, 가끔 그를 생각하며 웃기도 할 거다. 그리고 한번씩 울음도 터트리겠지. 시간이 모든 상처를 치유해주진 않는다는 걸, 어떤 슬픔은 비록 끊임없이 다른 모습으로 나타난다 할지라도, 늘 사라지지 않고 그대로 있다는 걸 그녀도 배우게 될 것이다.

말 조각상은 또 로사가 얼마나 아름다운지를 본다. 단지 그녀의 젊음 때문만이 아니라 그녀는 실제로 매우 아름답고, 아주 밝고, 완전하고, 균형 있다. 너무 귀엽지만 그렇다고 그녀의 표정이 애들처럼 유치한 것도 아니다. 헹크 역시 꽤 잘생긴 얼굴이다. 아니, 과거에 그랬었다. 아니, 여전히 잘생긴 얼굴이긴 하지만, 그걸 알아채기 위해서는 노력을 좀 기울여야 한다. 헹크의 아름다움은 무엇보다 그의 눈과 눈썹에 감춰져 있는데, 그의 기분이 수면 위의 바람처럼 스쳐 지날 때면, 그 눈과 눈썹은 놀라울 정도로 그 감정을 표현해낸다. 헹크가 원하든 원하지 않든, 인지하든 안하든 간에, 그 감정은 항상 표출된다. 그리고 오늘 아침 미아도 그것을 바로 알아차렸다. 그가 무거운 발걸음으로 헐떡이며 뛰어가는 소리를 들었을 때, 그녀는 식물에 물을 주고 있었고, 쳐다보지 않았다. 하지만 잠시 후 개의 발소리가 들리자 그녀는 고개를 들었고, 빌런이 지친 몸을 이끌고 길가로 가서 눕는 것을 보았다. 그녀는 개를 부르는 남자의 목소리를 들었고, 잠시 후 육중한 체격의 그 남자가 잔뜩 걱정 어린 표정을 하곤 다시 돌아오는 모습을 목격했다. 그의 얼굴은 마치 동화책처럼 너무 쉽게 읽을 수 있었다. 사랑스러운 남자다, 그녀는 생각했다. 헹크는 개 옆에 무릎을 꿇고 그를 쓰다듬었다.

"빌런…, 이 녀석아."

"개가 갈증이 나나 봐요."

그는 깜짝 놀라 몸을 돌렸고, 감정을 숨기지 못하는 그 얼굴을 다시 보았다. 그녀는 그 얼굴에서 혼란스러움을 읽었다. 그녀는 물 한 그릇을 가져와 개 옆에 내려놓았다. 그녀 옆에 쪼그려 앉은 남자는 땀 냄새를 풍겼지만, 신경 쓰이지 않았다. 그녀 나이 또래의 장점이라면, 중요한 것과 덜 중요한 것을 점점 더 빨리 구분할 수 있다는 것이다. 그리고 그녀에게 중요한 것은 땀 냄새가 아니라, 개를 너무도 걱정하고 있는 사랑스러운 그 남자였다. 그들은 개가 물을 핥아 마시는 모습을 함께 지켜보았다.

"우리 개에게 필요했던 게 이거였나 봅니다. 고맙습니다."

"정말 푹푹 찌는 날씨이기도 해요."

"1897년 이후 가장 더운 칠월이라고 들었어요."

"네, 기후가 그렇게 변하네요."

그가 일어섰다. 그 움직임과 함께 그의 남자다움이 그녀에게 전해졌다. 그녀는 남자가 자신을 내려다보는 모습을 상상했고, 젊음을 가장하는 것이 싫어 염색하지 않은 자신의 은발이 약간은 불편하게 느껴졌다. 젊은 척하는 것은 자신을 불행하게 만드는 바보짓이며, 나날이 늙어가는 나 자신에게 그런 바보짓은 하지 말자 생각했었다. 그렇게 당당한 이유가 있었지만, 그럼에도 여전히 불편함이 느껴졌다. 그녀 내면 깊은 곳에는 예뻐 보이고 싶어 하는 소녀가 있었고, 그 오랜 본성이 그녀 마음을 무겁게 만들고 있었다. 하지만 이것에 대해 깊이 생각해보기도 전에, 그녀는 '끽' 하는 소리를 들었고, 욕설을 들었고, 그녀가 일어섰을 때 그 덩치 큰 그 남자는 격노한 표정을 하고 가운데 손가락을 치켜들고 있었다.

몇 시간 후 그녀가 버스에서 그를 다시 보았을 때 상황은 반복되었다. 그가 그녀를 알아채기 전에 그녀는 그를 관찰하고 있었다. 그는 마지막으로 버스에 올라탔다. 놀랍도록 우아한 린넨 바지와 하늘색 셔츠를 입은 덩치 큰 남자가 서둘러 버스로 올라왔다. 그리고 복도를 가로질러 그녀보다 몇 줄 앞자리에 풀썩 앉았다. 그들이 운하를 따라 달리고 있었을 때, 그는 고개를 돌려 뒤를 돌아보았다. 그녀를 보기 위한 것이 아니라, 보트에서 놀고 있는 소년들을 보기 위해 고개를 돌린 것이었다. 그의 환한 얼굴, 눈과 눈썹, 그 동화책. 그는 그가 보고 있는 것들에 행복해하고 있었고, 그 장면을 즐기고 있었다. 그녀는 알 수 있었다. 그가 진심으로 행복을 느낄 수 있는 무엇인가를 보았다는 사실을.

그가 몸을 돌려 그녀와 눈이 마주쳤을 때, 그는 그녀를 즉시 알아보지 못했다. 그녀는 그가 생각해낼 때까지 기다렸지만, 시간은 너무 오래 걸렸고, 점점 고통으로 변해갔으며, 그는 힘들어했다. 그녀는 그것을 원치 않았고, 그래서 그를 도와주었다.

"당신 개는 어때요?"

이제야 그가 그녀를 알아보았다. 그는 미소를 지었다. 그리고는 이내 그의 눈에 그늘이 드리워졌다.

"좋아요. 아니, 사실은 그렇게 좋지 못해요."

우리는 이 대화가 어떻게 진행되었는지 알고 있다. 하지만 낯선 사람들 간의 대화 속에서 실제로 일어나는 일은 어떤 것일까? 그것은 서로 동기화하려는 시도이다. 물론 당사자들이 호의를 가지고 다가간다고 가정했을 때 말이다. 두 사람의 인생, 두 이야기가 만나 관계성이 형성된다. 그것은 단 몇 분간 버스에 함께 앉아 있었다 하더라도 가능한 일이다. 이러한 대화에서 가장 중요한 부분이 서로 정보를 교환하는 것은 아닌 것 같지만, 그래도 그들은 정보를 제공한다. 개가 많이 아프다는 것, 그녀가 음악을 좋아한다는 것, 그가 트랙터쇼와 관련이 있다는 것. 그러는 동안 그들을 둘러싸고 전혀 다른 일들이 일어나고 있고, 그것은 더욱 근본적인 것이다. 그들은 보고, 냄새 맡고, 느끼고, 추측하고, 상상하고, 판단한다. 이러한 요소들은 하나의 이야기로 서로 짜맞춰진다. 하나의 그림이 되기도 하고, 여기에서는 한두 문장이, 저기에서는 한 단락이 되기도 하지만, 모든 단어들은 그 나름의 감정을 담아내고 있다. 이것은 헹크보다 미아의 성품에 더 어울린다. 아마도 그녀가 자신의 직감을 신뢰하고, 그래서 일을 단순하게 생각하기 때문일 것이다. 그녀는 생각했다. 사랑스러운 남자다. 그리고 재미있는 사람이다. 그들이 루넌의 정류장에 도착했을 때 그녀는 일어났고, 그를 지나쳤다가, 잠깐 뒤돌아보았다. 그리고 그의 가슴에 손을 얹었다. 그녀가 계획한 건 아니었지만, 그냥 그런 행동이 나왔다. 그녀가 다음과 같이 했던 말도 고민하고 한 것이 아니라, 그냥 자연스럽게 나온 말이다.

"잘 가요, 헹크. 빌런에게 내 포옹을 전해주세요."

교회에서는 그녀가 가장 좋아하는 베토벤의 곡 중 하나가 연주되었다. 베토벤의 음악은 건축적인 특성을 가지고 있고, 이건 그녀가 무척 매력적이라고 느끼는 부분이다. 그녀는 그 음악에서 피라네시[9]가 그렸을 법한 복잡하고도 명확한 공간성을 상상할 수 있다. 그리고 그 공간으로 들어갈 수도 있고, 그 안을 돌아다닐 수도 있다. 그녀는 그런 방법으로 음악을 즐긴다. 그녀는 어린 시절부터 베토벤뿐만 아니라 다른 작곡가들에게도 그 방법을 사용해왔다. 그것은 음악을 즐기는 아주 독특한 방법이고, 나중에 그녀가 컸을 때는, 자신이 경험한 이러한 것들을 다른 사람들에게 설명하는 것이 사실상 불가능하다는 걸 깨달았다. 그녀는 또 자신의 아주 개인적인 경험을 묘사했을 때, 아무도 나의 말을 이해하지 못하고, 대화가 전속력으로 벽에 부딪히고 마는 것이 얼마나 고통스러운지도 알게 되었다. 그래서 그녀는 차츰 다른 사람들에게 자신의 경험에 관해 이야기하는 것을 그만두게 되었다. 심지어는 두 명의 배우자처럼, 그녀 인생 어느 순간에 없어서는 안 될 만큼 중요했던 사람들에게도. 몇 명의 절친들 그리고 세 명의 자식들에게도. 특히 음악학교에 다니는 20대의 재능 있는 청년, 그녀의 막내아들에게도 말이다. 그렇기 때문에 콘서트가 끝난 후 한 카페에서 간단히 요기하고 있는 동안 헹크 생각을 한다는 건 그리고 그가 자신을 금방 이해해줄 거라는 확신이 들었다는 건 너무도 특별한 일이 아닐 수 없다.

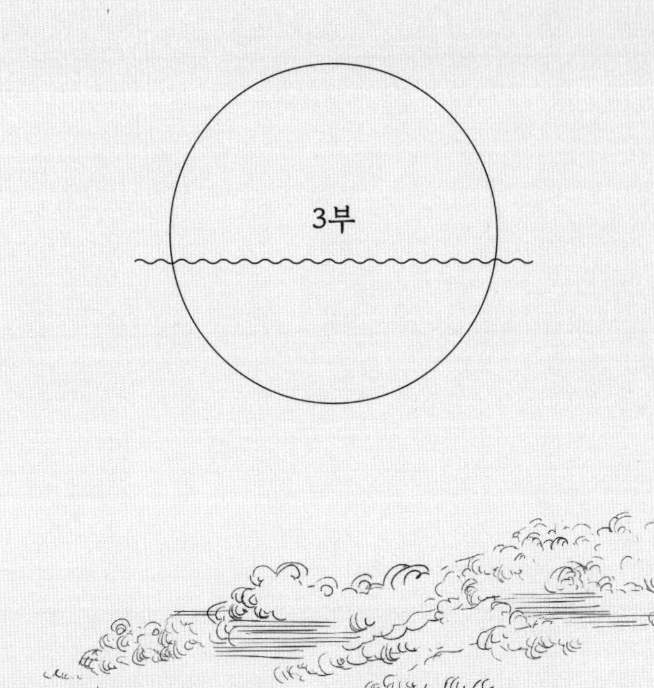

3부

그들은 거의 동시에 깨어난다. 헹크는 무언가 깨지는 듯한 날카로운 비명소리를 듣는다.

"뭐야?"

그날 헹크가 세 번째로 잠에서 깨어나는 순간이다. 의식은 점점 더 무자비하게 얼굴에 내던져진다. 이번엔 팬케이크처럼 납작한 모양이다. 그는 곧바로 자리에서 일어나 앉아, 힘주어 다시 묻는다.

"대체 뭐지?"

로사도 마지못해 천천히 일어난다.

"뭐가 뭔데요?"

"비명소리."

"어떤 비명소리요?"

"아래층에서, 그 소리."

"전 아무 소리도 못 들었어요."

"어쩌면 살인사건일지도 몰라."

"말도 안 돼요. 그냥 고함소리였겠죠."

그 잠은 헹크에게 별 도움이 되지 않았다. 배는 아프고, 머리는 무겁고, 혀에선 썩은 맛이 난다. 그는 로사 위로 팔을 뻗어 와인병을 가져오고, 한 잔을 따라 두세 모금을 마신다.

"너도 한잔 줄까?"

"아니요. 웩."

아래층에서는 아까보다 더 시끄러운 사람들 소리가 들린다. 특히 '두 마르'[10]의 노래에 흥이 난 사람들의 소리를 들으니 아래층에서도 꽤나 술을 많이 마신 것 같다.

"저 사람들 취했어."

"어른들이 술에 취하면 꼴통이 된다는 거 알고 있었어요?"

"응. 내가 심각한 꼴통이야?"

"아니요. 하지만 삼촌은 진짜 어른도 아니잖아요."

"어른이 아니라고?"

"아니죠. 삼촌은 항상 최선을 다하잖아요."

"그게 무슨 말인지…."

비명소리가 다시 들린다. 하지만 처음보다는 작고, 비명이라기보다는 갑자기 터져 나오는 웃음소리에 가깝다. 그래. 저들은 취해 있고, 지금은 파티를 떠날 최적의 시간이다. 휴대폰을 보니 이제 겨우 8시 20분이다. 아직 저녁시간이 많이 남았다는 사실이 그를 흥분시킨다. 오늘밤 또 어떤 일들이 일어날지 누가 알겠는가? 미아! 그는 일어나서 화장실로 가 소변을 본다. 손과 얼굴을 씻고 옷매무새를 정리한다. 그리고 새 칫솔을 찾아 포장지에서 꺼내 오랫동안 이를 닦는다. 그런 다음 그 칫솔을 어떻게 해야 할지 난감해한다. 만약 다시 제자리에 돌려 둔다면 불편한 오해가 생길 수도 있기 때문이다(잠에 취한 프레이크가 그 칫솔을 사용하고, 자신의 것이 아님을 깨닫는다. '아니, 이건 내게 아닌데. 그럼 누구 거지? 망할…, 도대체 내가 무슨 더러운 생각을 하는 거야?' 그러고는 하루 종일 초조한 불안감을 안은 채 돌아다닌다. 그리고 불안의 근원을 금세 망각하고, 내키는 대로 희생양을 만들어 그 불안감을 해소한다. 예를 들어, 여비서나 베이지색 회사 유니폼을 입은 여성들을 상대로). 그래서 그는 칫솔을 바지주머니에 넣는다.

"로사, 나 갈게. 잘 지내고 있어."

하지만 로사는 다시 잠들어 있다. 헹크는 조카를, 그녀의 젊음을 감탄하며 바라본다. 그러자 순간 깊은 감동이 밀려온다. 그가 보기에 이 감동에는 다양한 이유가 있다. 그녀의 젊음과 아름다움, 그의 선물에 대한 그녀의 반응, 함께 들었던 낮잠, 그의 몸 속 알코올 탓도 당연히 있을 테고, 하루 종일 그의 영혼 저 밑바닥을 건드리며, 사랑의 감정 또는 사랑이 아닌 감정, 나이가 드는 것 그리고 죽음과 같이 늘 멀리 있던 것들을 가까운 수면 위로 끌어낸 빌런의 병도 이유가 될 수 있다. 하지만 그는 또 다른 이유들이 그의 몸속에, 그의 생명 속에 흐르고 있다는 사실을 미처 인지하지 못했다. 그 이유들 중 하나는, 임종 직전 그의 옆엔 로사가 있을 것이고, 그의 얼굴을 닦아줄 거라는 사실을 어렴풋이 알고 있다는 것이다. 공동묘지에서 그녀가 페소아의 시 구절을 되뇌고 있는 동안 비는 그녀의 얼굴을 타고 흘러내릴 것이다. 그는 그냥 알고 있었다. 그가 미래를 볼 수 있기 때문도 아니고, 그가 어떤 식으로든 예견할 수 있는 숙명이라는 것이 존재하기 때문도 아니다. 그러한 일들은 이미 지난 시간들에 의해 결정되기 때문이다. 마치 소설의 첫 문장과 함께 이미 결말이 결정되어 있듯이 말이다. 실제로 우정이라는 것이 생겨났고, 그로 인해 우정이 할 수 있는 모든 것들이 가능해졌다. 대화하고, 산책하고, 식사하고, 함께 외출하고, 함께 휴가를 보내고, 헹크의 이름을 따서 아들 이름을 짓고, 그리고 아마도 아주 차분하게 그의 임종을 지키는 로사.

헹크는 조카의 이마에 키스를 한다. 그런 다음 책상에서 말 조각상을 가져다 창턱에 올려둔다. 그 말이 그녀를 잘 볼 수 있도록. 그러고는 정원의 사람들이 그를 붙잡을 가능성은 희박하지만 그래도 혹시 모르니 조심스럽게 계단을 내려간다. 이미 현관문에서 갑자기 커진 사람들의 고함소리가 들려온다. 헹크는 도대체 무슨 일인지 되돌아보지 않을 수가 없다. 하지만 그는 그렇게 하지 말았어야 했다! 맙소사! 술에 취해 맨홀 뚜껑을 들어 올릴 때 나는 악취! 그 장면은 어느 정도 추측할 수 있으므로 설명이 필요하지 않을 것 같다. 이것은 헹크에게 강한 혐오감과 수치심을 불러일으킨다. 그 수치심은 대리감정이다. 술 때문에, 아니면 교양이 부족해서, 아니면 두 가지 모두의 이유 때문에 다른 누군가가 느껴야 할 수치심을 그가 대신 느끼는 것이다. 그는 이렇게 아무 소용없는 반응을, 무력한 도덕적 비난을 내뱉고 있다. 그런데 그녀는 헹크에게 환영의 손길을 내민다. 그는 더 이상 주저하지 않고 몸을 돌려, 정문으로 걸어가 큰 길로 들어서서, 다리를 건너고 버스정류장으로 향한다. 그렇게 이곳에서 벗어난다.

* * *

그는 버스에 앉아 있다. 버스는 루넌으로 들어간다. 그는 등을 곧추세우고, 목을 기다랗게 빼고 바깥을 보지만, 아니, 그곳엔 그녀가 없다. 그 버스정류장엔 아무도 없고, 그래서 버스는 다시 출발한다. 하지만 바로 그때 강력한 요청이 들어오고, 운전기사는 브레이크를 밟고 차를 멈춘다. 문이 열리고, 그곳에 그녀가 서 있다. 헹크는 의자에서 절반쯤 일어나 손을 흔든다.

"미아, 나 여기 있어요."

그녀는 놀라움을 표현하진 않지만, 놀랐음에 분명하다. 그녀는 간신히 버스에 올라탔다. 아마도 두 번째로 시킨 와인 때문에 시간을 잊고 있었고, 곧 버스가 도착한다는 사실을 알았을 때, 놀란 그녀의 행동은 혼란 그 자체였다(가방을 움켜쥐고, 지갑을 꺼내, 탁자에 돈을 올려놓고, 지갑을 다시 넣는다. 내 열쇠는 어디 있지? 가방을 쏟아 부으며 미친 듯이 교통카드를 찾는다. 테이블 위는 가방에서 나온 물건들이 잔뜩 펼쳐져 있다. 티슈, 펜, 반창고, 프로그램 책자, 전화기, 드롭스, 엽서, 알약, 교통카드, 그래, 교통카드!). 그리고 카페에서 뛰쳐나오자마자 버스를 발견했고, 버스는 정류장에 거의 다 도착하고 있었다. 그래서 그녀는 뛰고, 달리고, 손을 흔들었다. 다행히도 출발하려던 버스는 멈추어 주었다. 그녀가 올라탔고, 그곳에 헹크가 있었다. 그가 버스에 타고 있을 거라고는 전혀 생각하지 못했기 때문에 정말 놀랐지만, 그녀는 겉으로 내색하지는 않았다. 사실 그럴 기회가 없었다. 그녀의 관심은 곧바로 헹크에게 가 있었기 때문이다.

그녀가 본 것은 정확히 무엇일까? 그녀는 카페에서 생각했던 사랑스럽고, 섬세한 남자가 아니라 덩치 큰 남자, 흥분한 남자, 넘치는 기쁨을 주체하지 못해 버스하고도, 장소하고도 맞지 않는 행동을 보이는 남자를 보았다. 그래도 그녀는 손을 흔들었고, 가운데 통로를 걸어 그에게로 다가가 옆에 앉았다. 아! 그에게서 술 냄새가 난다.

"술 드셨군요…."

"네."

"저도 마셨어요. 약간요."

"솔직히 저는 좀 많이 마셨어요. 꽤 많이요."

"어디에 가셨어요?"

헹크가 바비큐 파티에 대해서 이야기하는 동안, 버스는 아직 햇살 가득한 네덜란드 평지를 달려 마을로 향한다. 항상 그렇듯이 메르버더 운하에는 물건이란 물건은 가득가득 실은 배들이 암스테르담에서 위트레흐트로, 또 그 반대 방향으로 끊임없이 항해하고 있다.

저녁풍경은 아름답다. 심지어 너무 아름답고, 더 아름다워질 것을 약속하고 있는 듯하다. 햇살은 점점 더 풍성해지고, 점점 더 짙어지고 있다. 그리고 그 햇살 속에는 이미 다음 계절을 암시하는 무엇인가가 있고, 누렇게 변한 잎사귀가 어두운 물 위를 조용히 떠다니는 장면을 이젠 어렵지 않게 상상할 수 있다. 하지만 헹크와 미아는 버스 바깥 풍경에 신경 쓸 겨를이 없다. 그들은 한창 대화중이다.

"그런데 그 여자가 정확히 뭘 한 거예요?"

"음. 오히려 모르는 게 나을 수도 있어요. 그 여자가 춤을 추었는데요…, 아니에요. 그냥 말하지 않을래요."

"어머, 너무하잖아요. 궁금하단 말이에요! 벌거벗고 있었어요?"

"네…. 아니요, 완전히는 아니에요. 그런데 지금 또 그 장면을 떠올려야 하다니…, 그러고 싶지 않아요."

"로사는 여전히 자고 있었고요?"

"네. 마치 천사처럼요. 그 난리통 속에서 말이죠. 그런데 제가 당신에 대해서 로사한테 얘기했어요."

지금 그가 왜 이런 말을 한 걸까? 갑자기 그들의 대화는 새장 속으로 들어가 버리고, 새장의 열쇠는 그가 미아에게 건네준 셈이다. 문제는 그녀가 그에게 열쇠를 돌려줄 것인가 하는 거다. 그녀는 그렇게 하지 않는다. 그녀는 묻는다.

"저에 대해서요? 저에 대해서 뭐라고 이야기했는데요?"

자, 헹크는 다시 한 번 빠른 결정을 내려야 하는 상황에 처해 버렸다. 그 결정은 수많은 잠재적 결과들을 수반할 것이고, 그 중 상당수가 그를 두렵게 만들 것이므로, 그는 치열하게 고민한다. 아니, 치열하게 고민하려고 시도해보지만 잘되지 않는다. 그렇게 하기에 그는 너무 취해 있다. 그래서 그냥 사실대로 솔직히 털어놔 버린다.

"제가 당신에게 사랑에 빠졌다고요."

갑자기 버스의 속도는 빨라져 하늘로 날아간다. 그들은 소들이 있는 초원과 보트들이 가득한 호수, 테라스에서 하늘을 보며 맥주를 마시는 사람들이 있는 마을 위를 스쳐 지나간다. 그들은 점점 더 높이 날아간다. 베흐트 강 주변이 시야에 들어오고, 네덜란드와 북해 그리고 유럽의 일부가 내려다보인다. 그들은 수평선이 굽어보일 때까지 날아가며, 정말로 지구가 둥글다는 것을 그들 눈으로 직접 확인한다. 그러는 동안 헹크는 마치 매일의 일상인 듯 연거푸 기적을 만들어낸다. 테이블 위에 실크테이블보를 깔고, 샴페인 한 병, 크리스털 잔, 딸기 한 접시, 휘핑크림을 차려낸다.

아니, 말도 안 되는 소리. 버스는 메르버더 운하를 따라 달린다. 하지만 헹크는 무책임하게도 술을 너무 많이 마셨고, 그 결과 기본적인 충동에 자신을 맡기게 되었으며, 그리하여 이 저녁의 진행 방향은 완전히 열려 있는 셈이다.

내가 당신에게 사랑에 빠졌다고요.

이런 답을 하게 된 것은 단지 취기 때문이라기보다는 아이 같은 정직함을 지닌 헹크의 전형적인 성격 탓이다. 로사가 그에게 "진짜 어른이 아니다"라고 했을 때, 그녀는 헹크의 그런 특성을 잘 파악한 것이었고, "삼촌은 최선을 다하잖아요"라고 말했을 때는 약간의 신비함을 더해 표현한 것이었다. 요점은, 헹크에게 진정성 이외에는 다른 선택의 여지가 없었다는 것이다. 특히 그가 술을 마셨기 때문에, 다른 어떤 사회적 전략이나 일반적인 절제(예의바름, 관습, 수줍음, 사려 깊음, 미치광이로 오해받지 않으려는 바람)는 사라질 수밖에 없었다. 그는 부적절하더라도 진실을 거침없이 말하고, 이 경우처럼 그 진실이 미칠 강력한 영향을 크게 고려하지 않는다. 때문에 그에게는 정말 무언가 아이 같은

면이 있다고 할 수 있다.

헹크의 대답에 미아는 갑자기 아무 말도 하지 않는다. 버스는 시내로 들어가 정류장에 정차하고, 그들은 차에서 내린다. 둘은 아무 말 없이 베흐트 강 쪽으로 함께 걸어간다. 베흐트 강변길을 건너고, 그곳에 즐비한 멋스러운 집들을 따라 걷다가 옛 요새 방향으로 발길을 옮긴다. 강변길 중간 즈음에서 헹크는 걸음을 멈춘다. 그는 오른쪽으로 꺾어져야 한다. 집 방향으로, 빌런한테로.

미아는 그동안 헹크의 말이 무엇을 의미하는지에 대해 곰곰이 생각하고 있었다. 하지만 전혀 알 수가 없다. 모든 것이 가능하기 때문이다. 술 취한 사람이 그냥 내뱉은 말에서부터 진정성 있는 사랑고백까지. 아직까지는 한 가지 사실, 헹크가 그녀에게 낯선 사람이라는 사실만을 알아냈다. 그녀는 그를 알지도 못하고, 그가 의도하는 바도 알 수 없기 때문에, 그의 대답은 그들의 자연스러운 시선교환에 갑작스러운 중단을 가져왔다. 하지만 여기 이렇게 서로를 바라보지 않고 마주 서 있게 되자, 그녀는 또 다른 생각을 하게 된다. 이 덩치 크고, 사랑스럽고, 술 취한 낯선 사람을 더 알고 싶다는 강렬한 욕구가 솟아난다.

그렇게 그들은 강변길에 조용히 서 있다. 가냘프고 작은 키의

미아와 큰 덩치의 아직도 소년 같은 헹크가. 그 마지막 생각 때문에 미아의 얼굴엔 미소가 비췄지만, 헹크는 자기혐오의 깊은 구덩이 속에 자신을 던져놓고 있느라 그 미소를 눈치 채지 못했다. 그는 기어들어가는 소리로 중얼거린다.

"저는 여기서 오른쪽으로 갈게요. 빌런이 약을 먹어야 해서요."

"혹시 저도 같이 가도 될까요? 그냥 빌런에게 잠깐 인사하고 싶어서요."

오! 이제 그는 혼란의 소용돌이 속에 있다. 그의 눈과 눈썹은 어떻게 해야 할지 몰라 한다. 그것들은 어떤 표정을 지어야 하는 걸까? 안심? 놀라움? 당황? 충격? 미친 듯한 기쁨? 이 모든 것들이 동시에 표현된다. 그의 얼굴에 일련의 다양한 표정들이 스쳐 지나더니, 갑자기 모든 것이 사라져버린다. 마치 초기 컴퓨터들이 멈추기 직전에 그랬듯이, 그의 두뇌가 데이터 오버플로우 오류메시지를 표시하고 정지한 것만 같다. 그는 일종의 중립적인 표정을 짓고 있다. 아니, 중립이 아니라 오픈되어 있는 상태다. 앞으로 몇 분 안에 모든 생각과 느낌들이 번개 같은 속도로 그를 엄습해 올 것이다. 그는 감정을 억눌러 본다. 손가락으로 코끝을 만지작거린다. 그리고 어렴풋이 저녁 하늘을 바라본다.

"네, 물론이죠. 이쪽이에요."

그는 어설프게 방향을 가리키고, 미아가 자신을 따라올 거라는 확신이 없는 듯 머뭇거리며 발걸음을 옮긴다. 하지만 미아는 계속 미소를 지으며 그를 따라가고, 헹크는 여전히 그 미소를 보지 못한다. 강변길에서 집 앞 도로로 이어지는 좁은 샛길에 들어서자 그녀가 그의 손을 잡는다. 그들은 자연스럽게 흥겨운 리듬을 탄다. 그 리듬과 함께 헹크의 얼굴은 훨씬 더 환하게 펴지고, 그의 가슴 속 환희와 멋진 조화를 이룬다. 그는 *나지막이 노래를 부르고 싶었다. 그는 약간 공중에 떠서 가볍고 경쾌하게 춤을 추는 것만 같았다. 이제 모든 것이, 모든 것들이 너무 편해졌다.*

헹크는 《소년 케이스》의 마지막 장면을 기억하고 있다. 작가 테이슨이 묘사하는 것은 사랑에 빠진 그 소년의 마음이지만, 그 사랑의 감정에는 헹크가 잘 알고 있는 다른 무언가가 내포되어 있다. 그것은 그칠 줄 모르는 삶에 대한 열정을 깨닫게 되는 것이다. 버스에서 보트 타는 소년들을 바라보는 헹크를 보았을 때, 미아는 그 장면을 바라보는 그가 얼마나 행복해 하는지 알 수 있었다. 거칠 것 없는 즐거움, 햇빛과 물의 강렬한 반짝임, 춤추는 보트 그리고 금발 머리.

그녀는 그의 시선에서 철학적인 요소를 발견했다. *그는 자기 자신에게 실존적으로 중요한 무엇인가를 발견했고, 미아는 그 모습을 보았던 것이다.* 소년들이 보여준 삶에 대한 열정은 헹크에게 단순한 의미가 아니었다. 더 본질적인 것, 태고로부터 전해오는 생명의 새로운 형태, 생명력, 삶에 대한 열정, *아모르파티*amor fati. 네 운명을 사랑하라. *레벤스베야웅*Lebensbejahung. 삶의 긍정. 자, 보라, 이 개념들은 마치 스스로 상상의 나래를 펼치려는 듯 갑자기 사방으로 흩어져 버린다.

철학적 원칙으로서의 삶에 대한 열정. 그것은 헹크에게서도 잘 드러난다. 그는 *메멘토 모리*memento mori와 *카르페 디엠*carpe diem의 양극 사이를 오가며 삶을 쫓고 있다. 그것은 한쪽이 다른 한쪽을 성장시키며 상호적으로 공생하는, 마치 그림의 밝은 부분과 어두운 부분이 서로를 부각시켜주는 형체를 담은 게슈탈트 그림[11]을 만들어가는 것과 같다. 비록 헹크가 자기 내면의 그 형체를 인지할 만큼 나이 들지 않았다 하더라도 그는 그것을 느낄 수 있다. 그가 그것들을 보기 시작하고, 더 이상 단순한 직관이 아니라 의식적으로, 그러니까 사실상 철학적 행위로 받아들이게 되는 것은 단지 시간문제일 뿐이다. 누가 알겠는가? 그가 몇 달 후 미아와 대화를 나누는 동안 깜짝 놀라면서, 갑자기 삶에 대한 열정이나 생명력 또는 삶의 긍정을 이야기하고 있을지. 미아는 눈을 지그시 감고 열심히 들어줄 것이다. 그러는 동안 미아는 헹크가 갑자기 새로운 깨달음에 대해 이야기하며 어떻게 자신의 독백 속으로 몰입하는지를 보게 될 것이다.

사실 그녀는 그의 말을 거의 듣지 않을 수도 있다. 그녀가 무엇보다 관심을 기울이고 있는 것은 그의 얼굴, 그 눈과 눈썹이며, 그들의 생명력에 매료되어 있기 때문이다. 그는 말로 표현하려고 애를 쓰고 있고(눈과 눈썹이 움직이고, 윗입술에는 땀방울이 맺혀 있고, 그의 손은 머리로 향한다), 또 그의 모든 관심은 자신의 내면으로만 향해 있기 때문에, 그의 시선이 정착할 곳을 찾지 못한 채, 그들이 있는 공간 속을(헹크의 부엌, 레스토랑, 그들이 걷는 숲이나 해변을) 이리저리 방황하는 모습을 그녀는 보게 될 것이다. 그리고 그는 이야기를 하며, 삶에 대한 열정을 갈구하는 자기 자신을 발견하게 될 것이다. 쾌락, 기쁨, 행복, 좋은 삶을 끊임없이 찾으려는 삶에 대한 열정 말이다.

"미아, 우리를 살아 있게 하는 것은 먹고 마시는 음식이 아니라 삶에 대한 열정, 즉 삶은 가치 있는 것이라는 철학적 확신이에요. 언제 어디서나 삶 자체에는 진리와 아름다움이 내재되어 있지만, 마치 보물사냥꾼처럼 그것을 찾고 발견하고 캐는 것은 우리의 몫이죠."

나이가 든다는 것이 헹크에게 어떤 의미인지 문득 생각해보게 된다. 그는 자신의 삶에 대한 열정을 성장시키며 점점 더 성숙해질 것이다. 그에게 기쁨을 주고, 그래서 자신에게 중요하고 가치 있는 것으로 보이는 빛을 찾는 방법을 점점 더 능숙하게 배워갈 것이다. 그의 일(아직 10년 정도 더), 물론 책읽기(몇 천 권 더), 새로운 개(2마리 이상), 미아, 로사 그리고 힘든 이혼 후에 다시 네덜란드로 돌아오는 리디아까지도. 스웨덴에서 자라고 있을, 종종 그가 방문하게 될 로사의 아이들, 그가 나중에 살게 될 바닷가에 위치한 채광 좋은 집과 그곳에서 만나게 될 바다, 그 해수면 위엔 눈을 뗄 수 없는 자연의 아름다움이 펼쳐진다. 그렇게 계속 상상을 더해 볼 수 있다. 따라서 그를 계속 살아가게 만드는 것은 먹을 것과 마실 것이 아니라, 일반적인 기대수명을 훌쩍 넘긴 93세의 헹크가 꽤 괜찮은 삶을 살다가 조용히 죽음을 맞이하게 될 그 순간까지 그를 지탱해 줄 삶에 대한 열정인 것이다.

삶에 대한 열정-살고자 하는 것. 바로 그 근원에서 나머지 것들이 흘러나온다. 일어나고 싶고, 먹고 마시고 싶고, 일하고, 웃고, 말하고, 춤추고, 개를 산책시키고 싶고…. 그리고 사랑하고 싶은 것은 말할 필요도 없다. 헹크와 미아는 현관문으로 다가간다. 헹크는 미아의 손을 놓고, 문을 열고, 가파른 계단을 오르고, 미아는 그의 뒤를 따른다. 그들은 서로의 발걸음 소리, 서로의 숨소리를 듣는다. 그리고 두 사람 모두 너무도 잘 느끼고 있다. 그들의 움직임마다에 여전히 아주 즐거운 리듬이 함께하고 있음을.

* * *

빌런은 거실 계단 아래쪽, 조금은 엉뚱한 곳에 누워 있다. 숨을 헐떡이고 있지만, 시선은 헹크를 찾고 있다. 이것은 헹크를 안심시킨다. 어떤 낯선 사람을 보는 낯선 시선이 아니다. 그건 헹크를 보는 빌런의 시선이다. 그는 빌런 옆에 무릎을 꿇고 앉아 그의 머리를 긁어준다. 빌런의 숨소리는 가쁘고, 혀는 입 밖으로 나와 축 처져 있고, 옆구리는 쉴 새 없이 움직인다.

"아이고, 이 녀석…."

미아도 무릎을 꿇는다. 빌런은 그녀를 잠시 쳐다보지만, 그래야 한다는 듯 다시 헹크의 눈을 찾는다. 미아는 빌런의 한쪽 귀를 손가락 사이로 가져간다. 흰색과 갈색 털 사이로 늘어진 길고 검은 털은 귀의 끝자락 라인을 우아하게 만들어 주고 있다. 미아는 그 귀를 손가락 사이로 쓰다듬는다.

"귀가 참 예쁘구나."

"사람들은 그걸 귀걸이라고 부른답니다."

헹크가 자랑스러운 듯 설명한다.

"기다란 그 털을 말이죠."

그는 일어나 부엌으로 가서 스펀지를 물에 적신다. 빌런은 물을 조금밖에 핥지 않지만, 그래도 어쨌든 진정이 되는 듯 보인다. 미아는 계속 그의 귀를 쓰다듬는다.

"이젠 좀 괜찮아졌어요."

헹크의 목소리는 마치 그가 의학적 진단을 내리기라도 하는 듯 딱딱하게 들리고, 그건 그의 걱정하는 마음을 배신하고 있다. 하지만 그는 계속한다.

"녀석이 좀 숨이 차요. 그게 다에요. 제 말은, 심부전이 있긴 하지만, 지금은 괜찮아 보이네요."

"그래요? 다행이네요…."

"한 시간 후에 약을 먹이고, 잠시 바깥에 내보내려고요. 그러고 나서 편히 자면 좋을 텐데…."

지금은 9시 23분이다. 헹크는 이 상황이 좀 애매모호하다고 생각한다. 가능성의 스펙트럼이 너무 넓다. 차를 마시며 이런저런 이야기를 나누는 것부터 격정적인 섹스까지, 가능한 일은 많다. 헹크는 후자를 선호하지만 아직 미지의 영역이 너무 많기 때문에 속도를 조절해야 한다는 걸 이해한다. 사인을 잘 이해하고, 예측 불가한 행동들을 하지 않도록 조심스럽게 실행하는 것이 중요하다. 동시에 그는 이성적으로 판단하고 행동하기에 너무 피곤하고 취해 있다. 그래서 이 저녁의 방향은 완전히 열려 있고, 놀라운 상황들이 일어날 수도 있다. 그는 어떤 상태와 기분으로 일출을 보게 될지 전혀 예측할 수가 없다. 어쨌든 그는 목이 마르다. 그가 일어서며 말한다.

"마실 거 드릴까요? 다 있어요. 커피, 티, 버터밀크…, 모두 있어요. 물론 와인도 있고, 맥주, 위스키. 아니면 그냥 물 드릴까요? 아직 얼음이 좀 남아 있을 거예요. 그게 좋을 수도 있겠군요. 아직 여기가 좀 답답해서…."

"당신은 뭘 드세요?"

헹크는 어깨를 으쓱하며 식탁을 향해 한 걸음 내딛는다. 그 걸음이 어쩌면 힌트가 될 수 있다. 지금 당신이 일어나서 식탁으로 함께 가 내 맞은편에 앉아도 좋겠다는.

"글쎄요. 당신은 뭐 드시겠어요?"

"버터밀크로 할게요."

헹크는 그걸 예상하진 않았다. 이 시간에, 이런 상황에서 버터밀크를 마신다는 게 좀 이상해 보인다. 그는 단순히 리스트의 완벽함을 보이려고 그 음료를 언급했었다. 물론 미아에게 버터밀크를 대접하는 게 싫은 건 아니지만, 이날 너무 많은 것들이 그를 감정적으로 지치게 만들었고, 그래서 이 사실을 순순히 받아들일 수 없을 것만 같다. 그래서 불평하듯 말한다.

"버터밀크요? 정말요?"

이제 혼란은 불가피해졌다. 본질적으로 단순한 문제를 설명해내기 위해서 너무 많은 말이 필요한 당황스러운 핑퐁게임이 되어버렸다.

"네. 버터밀크 있다고 하지 않으셨어요?"

"맞아요. 버터밀크 있어요. 그런데 저는 생각하기에…."

"네?"

"아무것도 아니에요. 사실 저는 와인을 좀 마시고 싶어서요."

"아, 그것도 좋아요. 와인요. 와인 주세요."

"아니에요. 버터밀크 드시고 싶다고 하셨잖아요. 버터밀크 있어요. 아주 시원해요."

"그래도 당신은 와인을 마시고, 저는 버터밀크를 마시는 건 좀 이상하잖아요."

"아, 그렇군요. 그럼 제가 버터밀크를 마실까요?"

자, 시간이 좀 걸리긴 했지만, 결국 그들은 식탁에 앉아 와인과 큐브치즈 한 접시를 사이에 두고 조금씩 대화를 이어간다. 그들을 서로에 대해 이런저런 것들을 알아간다. 헹크는 자신의 직업에 대해 이야기하고(보통은 사람들을 살려 두려는 거죠), 리디아에 대해 이야기하고(가끔씩 저는 리디아 얘기를 해요), 지금 읽고 있는 책에 대해서 이야기한다(《멍청이들을 위한 체중감량》이라는 책이에요). 그는 미아가 화학 선생님이라는 사실을 알게 되고(제게는 피라미드나 〈모나리자〉, 루시안 프로이드의 미술작품보다 주기율표가 훨씬 더 아름다워요), 두 번 이혼을 했었고(저는 그것에 대해 모두 이야기해요), 아들이 세 명이라는 사실도 알게 된다(모두 위대한 화학자의 이름을 붙여주었죠). 막내 앙투안은 음악학교를 다니고 있고 성악을 공부하고 있다. 헹크는 그녀에게 음악을 듣고 싶은지 물어보지만, 아니, 그녀는 원치 않는다.

"사실은 조용해서 좋은 것 같아요."

정말로 조용하다. 오토바이 소음도 없고, 텔레비전 소리도 들리지 않고, 식기세척기의 덜컹거리는 소리도 들리지 않는다. 정적. 고요함. 그들의 목소리만이 들린다. 와인 한 잔을 더 마신 후에, 대화에 첫 번째 급물살이 만들어진다. 미아는 한때 가방을 훔쳤다고 말하고, 헹크는 어린 시절에 동성애 테스트를 해본 적이 있다고 털어놓는다. 미아는 첫 아이를 사산했고, 여전히 그것에 대해 슬퍼하고 있다고 고백한다. 헹크는 리디아와의 이혼으로 인해 자신이 느끼는 수치심에 대해 고백한다. 이러한 고백은 그 자체만으로도 흥미롭지만, 이렇게 고백하는 그들의 의도는 더 많은 것들을 말해준다. 그러니까 그들은 자신을 알게 해주고 싶은 것이다. 결국 사랑에 빠지는 그 이상하고도 격렬한 꿈은 이렇게 진행되기 마련이다-자신을 알려주고, 고백하고, 그리고 깨끗하게 시작하고 싶은 바람. 마치 사랑에 빠지기 위한 최우선 요소가 사랑의 감정이나 성적 욕망이나 갈망의 문제가 아니라, 카타르시스적인 속죄인 듯 말이다. 헹크와 미아도 예외는 아니다. 그들은 자신을 보여주고 싶은 충동을 느끼고, 그렇게 자신을 보여줄 것이며, 그런 다음 섹스를 위해 위층으로, 침실로 갈 거라는 사실을 두 사람 모두 아주 잘 알고 있었다.

하지만 아직 거기까지는 아니다. 사실 그것은 중요하지 않다. 둘 다 오십이 훌쩍 넘었고(헹크는 미아가 자기보다 한 살 많다는 것을 알게 되었다), 서두르지 않는다. 게다가 빌런에게 약도 먹여야 하고, 외출도 시켜야 한다. 그래서 그들은 당분간 와인을 마신다. 평소와는 다르게 욕심을 내듯 미아보다 빠른 속도로 술을 마시고 있는 헹크다. 왜 그러는 걸까? 무슨 일이 있는 걸까? 오늘 하루가 지나가고 있다. 마치 강아지 빌런이 양말 한 짝을 입에 물고 이리저리 흔들어 대듯이, 오늘 하루는 처음부터 그의 목덜미를 잡고 먹잇감처럼 그를 이리저리 흔들어댔었다. 그리고 빌런도 헹크의 양말을 소파 뒤 어딘가에 내버려두듯이, 토요일 하루가 마침내 그를 놓아줄 때 헹크에게 무슨 일이 벌어질지 우리는 곧 보게 될 것이다.

그들은 이야기를 나누고 있다. 헹크는 헹크스러운 골똘한 생각에 몰입되어 있고, 오감을 따라 흐르는 알코올 덕분인지 그 생각들은 다채롭고 풍부하다.

예를 들어 그는 "저는 책을 많이 읽어요"라고 말한다(그는 팔을 들어 소파 맞은 편 책장을 가리킨 다음, 위층을 가리킨다. 하지만 물론 미아는 거기에 수천 권의 책이 있다는 사실을 알 길이 없다).

"저는 아름답거나 새로운 영감을 주는 문장이나 기막히게 멋진 농담 같은 걸 발견하면 책에 표시해 두곤 해요. 그래서 제 책에는 괄호와 밑줄과 느낌표와 또 다른 기호들이 표시된 메모들이 가득하죠. 그 흔적들이 모여 당시의 내가 어떤 사람인지에 대한 기록이 되죠. 그래서 그 메모들을 토대로 저의 정체성의 역사를 매핑하는 것이 원칙적으로 가능하지 않을까 가끔씩 생각한답니다. 그 모든 낙서들이 하나의 이야기를 만들어내는 거예요. 나, 헹크라는. 사실은 제가 읽은 책 때문에 저의 정체성이 흐려진다고 오래전부터 생각했었어요. 마치 물에 떨어뜨린 잉크방울처럼 말이죠. 그런데 요즘은 책들이 제게 명확한 선을 제시해주는 것 같아요. 책들은 제 기억의 출혈을 막아주는 압박붕대 역할을 하고, 육체의 쇠퇴를 보완해주는 외골격로봇이 되기도 하죠. 그것들이 저의 외면과 내면을 형성하고, 저에게 헹크다움을 부여해준다고 생각해요."

한동안 그는 이렇게 자신의 생각에 매몰된 채 미아에게는 관심을 두지 않고 이야기를 이어간다. 반면 미아는 그를 관심 있게 지켜보고 있다. 사실 그녀는 그가 하는 말에는 별로 귀를 기울이지 않고 있다. 대신 그의 얼굴의 움직임을 주의 깊게 관찰하고, 그 얼굴이 나름의 이야기를 하고 있다는 사실을 발견한다. 그 이야기가 무엇인지 그녀는 알지 못하고, 또 그것을 읽어내려 노력도 하지 않지만, 그녀의 첫인상에 그것들을 남겨두는 현명함을 발휘한다. 얼마나 사랑스럽고, 또 얼마나 생명력 넘치는 남자인가. 한편 헹크는 우리가 누구인지에 대한 이야기, 서로 다른 정치색, 서로 다른 피부색, 서로 다른 성별, 서로 다른 성적 취향, 서로 다른 신앙, 서로 다른 국적과 같이 우리가 가끔씩 깊이 고민해 봐야 하는 문제들에 대한 이야기에 흠뻑 빠져 있다. 그런 고민이 없다는 건 소름끼치도록 상상력이 결핍된 삶이기 때문이다. 그런 고민을 통해 우리는 세계 평화에 가까이 다가가게 되기 때문이다. 그의 시선이 미아와 마주치고, 미아가 그를 주의 깊게 관찰하며 바라보고 있다는 사실을 알게 되자, 그의 독백이 멈춘다.

11시 정도까지 그들은 빌런과 함께 산책을 한다. 거의 보름달이라 그리 어둡지는 않다. 해가 지고 나니 숨통 막히는 더위는 사라졌지만, 그래도 아직 선선한 날씨는 아니다. 집 앞 도로와 베흐트 강변길 사이로 난 골목의 집들은, 이 지구는 자전 중이고, 몇 시간 뒤면 이 집들이 다시 미친 듯이 뜨거운 태양 속으로 돌아갈 것임을 상기시키기라도 하듯, 하루의 축적된 열기를 뿜어내고 있다.

빌런은 그런대로 괜찮아 보인다. 그는 두어 번 짧은 간격으로 오줌을 누고, 코로 냄새도 맡고, 뒤를 돌아보기도 하고, 대변도 본다. 그리고 헛간지붕 위로 올라간 고양이를 향해 두세 번 짓다가 멈추고는 무언가에 홀린 듯 자신의 본능적인 천적을 한동안 바라보고 있다. 어쩌면 만화에서 가끔 볼 수 있는 것처럼 보름달을 배경으로 한 그 실루엣이 너무도 아름답게 돋보였기 때문일지도 모르겠다.

물론 조용한 마을길을 걷고 있긴 하지만, 그들이 있는 곳은 외부이고, 또 공공장소이기 때문에 조심스럽게 행동해야 한다. 그들의 대화는 잔잔히 흘러가고, 소용돌이치는 급물살은 발생하지 않는다. 그들의 감정은 쌓여가고, 생각은 온통 다른 곳을 향하고 있다. 그들은 마음속으로 집으로 달려간다. 침실로, 침대로, 소리들과 표정들로. 그리고 현관문에서 침실까지 순조롭게 가기 위해 필요한 행동들, 노골적이지 않으면서도 오해의 소지가 없는 섬세하고도 부드러운 유혹의 몸짓에 대한 생각에 빠져 있다.

그들은 교차로를 가로질러 항구 쪽으로 발길을 옮긴다. 좁은 다리 위에서 그들의 설렘은 서로를 마주한다. 그곳엔 아이들이 무리지어 서 있다. 아니, 아마도 16세, 17세쯤 되는 청년들이다. 달빛 속에 존재하는 환상적인 무언가의 힘이었을까? 옷을 벗기 시작하는 그들을 보며 헹크와 미아는 놀라지 않았다. 그들은 갑자기 옷을 벗었고, 모두 벗어 완전한 알몸이 되었으며, 달빛에 선명히 볼 수 있는 빛나는 전라의 육체가 되었다. 기쁨에 찬 그들의 젊은 육체는 열광하고, 소리치며, 하얀 다리 난간을 넘어 항구의 물속으로 뛰어들었고, 그 모습을 헹크와 미아는 가만히 지켜본다. 청년들은 아무런 고민 없이 그 짧은 순간의 열정에 묶여 있었다. 빌런이 그들을 향해 서너 번 짖어보지만, 물론 그들은 듣지 않는다. 아무리 눈살 찌푸려지는 것일지라도, 젊음은 이제 닮고 싶은 것이 되었고, 그래서 헹크와 미아는 미소를 지으며 한동안 그들을 지켜보고 있다. 잠시 후 그들은 되돌아 걸음을 옮긴다. 아무 말이 없다. 흥분한 목소리들이 더 이상 들리지 않을 때, 비현실적인 정적을 마주한다. 바람의 숨결도, 어떤 목소리도, 텔레비전 소리도, 아무 것도 들리지 않는다. 그럼에도 들리는 것은, 그들의 발걸음소리와 빌런의 발소리. 침묵은 종종 우리를 더 정직하게 만든다. 왜 그런지 알 수는 없지만, 아마도 그것이 친밀감을 암시하기 때문인 것 같다. 미아는 그것을 감지하고, 잠시 동안 머릿속을 맴돌던 질문을 헹크에게 던질 타이밍을 포착한다. 그녀의 질문은 유혹의 몸짓에 대한 그 숱한 고민들을 무색하게 만들고, 그 어떤 방해도 없이 침실로 향할 수 있는 대화를 이끌어낸다.

"당신이 나에게 사랑에 빠졌다는 말, 그게 무슨 뜻이에요?"

"아! 그러니까…, 저도 잘 모르겠어요. 당신이 사랑스러워요.

당신은 아름답고, 사랑스러워요. 내가 로사와 침대에 누워 있었을 때도 문득 그렇게 말하게 됐어요. 의도한 건 아니었지만, 그냥 그렇게 말이 나왔어요. 내가 당신에게 사랑에 빠졌다고요."

"로사는 뭐라고 했는데요?"

"리디아 이후에 처음이냐고요."

"그런 거예요?"

"네, 그렇긴 하지만…."

"하지만…, 뭐요?"

"그렇게 말하지 말았어야 했어요. 그런 식으로는요. 그건 너무 큰 단어잖아요. 사랑이라는 거요. 그래서 조심스럽게 사용해야 하니까요. 술을 그렇게 많이 마시지 않았더라면, 그렇게 말하진 않았을 거예요."

"알겠어요. 솔직하시긴 하네요."

"그런데요?"

"그래도 좀 실망스럽기도 해요. 저는 그 말을 듣고 기뻤거든요. 누군가가 저에게 사랑에 빠졌다는 그 말이요."

"하지만 제가 사랑에 빠진 건 맞아요. 약간요. 아니, 사실은 아주 많이요. 그냥 그 단어가…, 때로는 단어들이 너무 크게 느껴져요. 너무 거대하고, 너무 쉽게 느껴지고…, 잘 모르겠어요.

제 말은…, 그래요. 약간 사랑에 빠졌어요. 어쨌든 저는 당신이 너무 사랑스러워요. 그리고 아름답고요. 참, 맞다. 당신이 패티 스미스를 닮았다고 로사한테도 얘기해 줬어요."

"패티 스미스! 저 패티 스미스 음반을 모두 가지고 있어요."

"정말요?"

"음, 거의 모두요."

"당신 정말로 그 여자를 닮았어요."

"아마도 제 머리가 긴 은발이라서 그러겠죠?"

"네. 그리고 당신의 입, 갸름한 입술. 그리고 커다란 눈도."

그들은 조용히 서 있다. 미아가 그의 손을 잡고, 노래를 시작한다. 몇 시간 전에 그녀가 그랬던 것처럼.

"밤은, 연인들의 것이니까…."

달은 마을을 내려다보고, 베흐트의 강물은 흘러간다. 미아는 노래하고, 헹크는 입이 귀에 걸린 미소를 짓고 있고, 그동안 빌런은 다시 오줌을 눈다.

"밤은, 연인들의 것이니까…."

* * *

미아가 옷을 벗는다. 그들은 침실 한가운데 서 있고, 그녀는 셔츠의 단추를 푸는 헹크 맞은편에서 환하게 웃고 있다. 고요함 속에서 그들은 서로에게 속삭인다, 좋다고, 정말 좋다고. 미아는 브라를 하지 않았고, 셔츠를 머리 위로 벗었는데, 한쪽 가슴을 잃은 것 같았다. 왼쪽 유방을. 그녀는 3년 전에 유방암을 앓았고, 아주 초기 단계였지만, 유방 절제를 해야 했다. 그녀가 백발의 머리카락을 염색하지 않는 것과 같은 이유로, 유방 재건을 하지 않았다-척하는 것에 대한 거부감. 그래서 볼 수 있는 것은 평평하고 유두가 없는 가슴과 그 자리를 가로지는 약간 움푹 팬 흉터이다.

헹크는 그 가슴을 보고, 미아는 그녀의 가슴을 보는 헹크를 보고, 즉시 혼란스러움에 휩싸인다. 그녀는 자신의 유방절제에 대해 한순간도 고민하지 않았기 때문이다. 그것은 작은 기적이라고 할 수 있다. 수술 후 몇 달 동안 그녀는 서너 명의 애인이 있었다. 그녀가 그들을 사랑해서도 아니었고, 그녀가 섹스를 원해서도 아니었다. 그것은 자신의 새로운 육체를—그녀는 그렇게 느꼈다. 새로운 육체라고—받아들이기 위해서였다. 남자들은 현실 직시의 역할을 했다. 그렇다, 그들은 그녀에게 가르쳐 줘야 했다. 이제 이것이 실제 당신의 몸이라는 것을. 남자들은 그녀의 왼쪽 가슴을 보고, 이해심 있고 조심스럽게 반응했지만, 그것은 그녀에게 도움이 되지 않았다. 자신들의 임무를 성실히 수행하고 있는 이 남자들이 실제로는 도망하고 싶은 마음뿐일 거라는 생각을 그녀는 지울 수가 없었다. 어쩌면 그녀의 생각이 옳았을 것이다. 어쨌든 그녀는 한동안 남자 없이 살기로 결심했다. 그건 나은 선택이었다. 결국 그녀는 중요한 것을 깨닫게 되었다. 그녀의 새로운 육체를 견디는 법을 배워야 하는 것은 남자들이 아니라, 그녀 자신이라는 사실을.

그렇다면 지금은! 그녀의 모든 감각은 자기 앞에 있는 덩치 크고, 다정하고, 술에 취한 이 남자, 커다랗고 두터운 손으로 자신의 셔츠 단추를 풀고 있는 저 민첩한 움직임, 저 웃긴 미소 그리고 드러나는 거대한 몸에 온통 집중되어 있다. 맙소사, 그녀는 그를 만지고 싶어 더 이상 기다릴 수 없을 것만 같다. 다시 말해, 그녀는 그에게 너무 집중하고 있었기에 그녀의 가슴 생각은 단 한순간도 하지 못했었다. 그가 그녀를 보고 있다는 사실을 깨닫기 전까지. 그녀는 깜짝 놀랐지만 그 다음 순간 안심하게 된다. 오랜 시간 늘 의식하고 있던 유방의 부재가 갑자기 다시 그녀의 정상적인 육체의 일부가 되어 있는 것이다. 적어도 그 어떤 특별한 주의도 필요치 않은 듯 느껴진다. 솔직하게 말해서 신경을 쓰게 되는 부위인 그녀의 배, 겨드랑이 혹은 엉덩이보다 더 특별할 것이 없다. 그래서 그녀는 기쁘다. 심지어 너무 기쁘고 행복하다. 하지만 이내 곧 헹크의 그 시선. 그 눈빛에서 그가 무엇을 생각하고 있는지 어렵지 않게 알 수 있다.

'오, 맙소사….'

그것은 많은 것들을 담아낼 수 있는 표현이다. 놀라움, 슬픔, 혐오, 연민. 하지만 실질적으로 말하자면, 그것은 불편함이다.

"미안해요. 전혀 몰랐어요. 내가…."

아니, 당연하다. 어떻게 그가 알 수 있었겠는가? 그 자신도 예측할 수 없던 일이란 걸 알고 있기에 그래서 그도 말끝을 흐렸던 것이다. 그는 한걸음 앞으로 다가서며, 그 큰 손으로 그녀의 왼쪽 가슴 위에 올려둔다. 미아는 놀란다. 그의 행동이나 그의 커다란 손 때문이 아니라, 가슴에 남아 있는 감각이 거의 없다는 사실을 갑자기 깨달았기 때문이다. 그 가슴은 무감각하다. 그녀는 한 손을 그의 가슴 위에 올린다.

"미안해요. 제가 얘기를 했어야 했는데…."

"아니에요. 전혀 그렇지 않아요."

"몇 년 전에 유방암에 걸렸었어요…."

"아무 것도 얘기하지 않아도 돼요. 나한테 미안할 거 아무 것도 없어요."

"거기엔 감각이 거의 남아 있지 않아요. 하지만 반대편은 괜찮아요. 그러니까 이쪽으로…."

그는 다시 미소를 지으며, 즉시 그녀의 오른쪽 가슴으로 손을 옮긴다. 그곳은 풍성하고, 따뜻하고, 부드럽고, 달콤하고, 아름답고, 감동적이다. 경이로우면서도 훌륭하다. 여성의 가슴이 가질 수 있는 모든 것이 여기 있다. 그는 말한다.

"황홀하군요."

그렇게 그들은 계속 나아간다. 두 사람은 여전히 서로를 마주보고 있고, 마지막 옷가지가 흘러내린다. 헹크의 몸이 갑자기 반응하고, 사실 본인도 놀라지만, 다음 순간 그들은 이미 침대로 향하고 있고, 더 대담하게 서로를 만지기 시작한다. 모든 것이 무척 서투르고, 어색해 보이고, 관찰자의 눈에는 안타까워 보일 수도 있지만, 그들 자신의 관찰자적 시선은 더 이상 작동되지 않고 있다. 모든 것은 열정에 의해 지배당하고, 억눌렸던 모든 것들은 이제 미친 듯이 폭발한다. 그들이 강렬하게 열망하는 '서로'라는 존재에 의해.

오늘 오후 소파에 누워 있던 바다코끼리 같이 흐물흐물거리고 물렁한 덩어리의 헹크와 지금 미아와 사랑을 나누고 있는 헹크 사이에는 커다란 차이가 있다. 마치 그의 모든 체중이 한 곳으로 응집해, 효과적인 남성성의 형태로, 단 하나의 목표를 향하고 있는 것 같다-즐거움과 기쁨을 향해. 미아는 눈을 감고 그에게 몸을 맡긴다. 이것이 바로 그녀가 원하는 것이다. 여기, 거기, 오, 좋아요. 내 사랑. 헹크에게 남성성의 형태를 부여한 것은 *삶의 긍정*이다-살고 싶고, 사랑하고 싶고, 즐기고 싶은 마음. 지금 바로 여기. 그리고 보라. 그의 몸이라는 물질이 헌신적인 연인으로 변화하고 있다.

삶의 긍정은 '미아 긍정'의 형태를 취한다. 그녀는 여전히 눈을 감고 있다. 그래요, 여기, 거기, 오! 긴 은빛 머리카락은 올리브그린색 베개에 부채꼴 모양으로 펼쳐져 있다. 그녀가 정말 패티 스미스를 닮았다는 게 이제 눈에 잘 들어온다. 비슷하게 생긴 다소 강한 얼굴(긴 입술, 큰 코, 빽빽하고 숱이 많은 눈썹)을 하고 있지만, 패티 스미스가 가끔 그랬던 것과는 달리, 그녀의 표정은 굳어지거나 언짢아하지 않는다. 그러기에는 그녀는 너무 다정하고, 너무 명쾌하다. 그녀는 화학교사이다. 그녀는 자신과 헹크 그리고 모든 사람이 물질이라는 것을 이해하는 데 아무런 어려움이 없다. 정확히 말하면, 누구나 자동차 타이어의 탄소와 구별되지 않는 동일한 탄소로 대부분 구성되어 있다는 것을 알고 있다. 그녀는 공부할 때 프리모 레비의 탄소에 관한 이야기를 읽었다. 레비는 탄소원자의 활동적인 생애를 다음과 같이 설명한다. 그것은 부식하는 석회암의 표면에서 떨어져 나와 바람에, 물에, 다시 바람에 의해 운반되고, 독수리의 폐를 통과해서, 포도밭으로 갔다가, 광합성 과정에 기여를 하고, 다른 탄소원자들과 함께 긴 체인을 만들어 포도가 되고, 와인이 되고, 마셔지고, 대사되고, 간에 포도당으로 저장된다. 그리고 잠깐 휴식. 그 간의 주인은 우체국 마감시간 전에 소포를 부치기 위해 전력질주해서 뛰어가고, 포도당이 방출되고, 그렇게 과정들이 계속된다. 결국 그 원자는 작가에 의해 흡입되고, 혈액을 통해 뇌로 전달되어 뉴런을 점화시킨다. 그리고 그것이 이 작가로 하여금 마침표를 찍게 만드는 것이다. 바로 이렇게.

미아는 책을 많이 읽지 않지만, 이 이야기는 항상 그녀의 기억에 남아 있고, 몇 년 안에 헹크도 그 책을 읽게 될 것이며, 물론 그 책을 아주 좋아하게 될 것이다. 물질. 탄소. 그래. 이것은 그녀의 삶을 유쾌하고 활기 넘치도록 만드는 삶의 통찰인 것이다. 자, 한번 보라. 그녀가 얼마나 편안하게 사랑받고 있는지.

1분 정도 시간이 흐른 뒤에 헹크는 집중하지 못한다. 미아가 아닌 다른 무엇인가가 그의 관심을 끌고 있다. 그는 그것을 밀쳐내고 더 집중하려 노력해보지만, 이제는 그 노력 자체가 집중을 방해해서 부자연스럽게 되어버린다. 그의 움직임은 점점 느려진다. 미아가 눈을 뜬다.

"왜요?"

"아무것도 아니에요. 그냥…."

그는 몸을 세운다. 방 안에는 달빛만이 걸려 있고, 깊고 뚜렷한 명암의 그림자가 마치 언더그라운드 만화에 나올 법한 장면을 연출하고 있다. 헹크는 한 손을 들어 그의 두개골을 앞뒤로 문지른다.

"아니에요…, 그냥…, 잘 모르겠어요."

그러나 그는 잘 알고 있다-발기가 되지 않았다. 반쯤 발기가 된 그의 성기는 박동이 없고 힘없이 부풀어 있다. 이것으로는 많은 것을 할 수가 없다. 그는 자신의 성기를 손에 쥐고 살짝 움직여보지만, 그때 미아가 끼어든다.

"잠깐만요. 내가…."

그녀의 손가락은 가느다랗고, 반지를 끼지 않았다. 헹크는 그녀의 나이를 유추해보기 위해 오늘 버스에서 그녀의 손을 보았었다. 그때 그 손은 무릎 위에 놓여 있었다. 그리고 이제는 그 손이 움직이고 있는 것을 본다. 약간의 조급함이 느껴지는 능숙한 움직임이다. 그는 다시 베개에 몸을 누이고 미아가 자신의 성기에 생명을 불어넣는 모습을 지켜본다. 그는 부끄럽다. 미아와 같은 여자는 이미 발기된 남자의 몸을 가질 자격이 있다. 그리고 지금 이것을 보라. 그의 성기는 아무 반응이 없다. 술 때문일 거다. 오늘 날이 그래서일 거다. 아니, 그건 바로 그의 삶이다. 순간순간의 선택들이 모여 만들어진 거대한 연쇄사슬—그 삶이 그를 여기 침대로 데려왔고, 이 사랑스러운 여자 옆에서 좌절하고 있는 그를 만든 것이다. 그는 절망했다.

"미아…."

그녀가 올려다보며, 그의 눈을 바라보고, 그의 성기를 놓아준다. 그런 다음 그녀는 그를 껴안고, 우연히 마주친 젖꼭지에 키스를 하고, 물어보고, 핥아 보지만, 결국은 격려하는 손길로 그의 배를 만진다. 헹크는 이미 아무것도 느끼지 못한다. 그는 어느새 잠에 들어버렸다. 하루 전체, 아침에 잠에서 깨어났던 순간, 심장과 피, 7월의 무더위, 빌런, 사스키아, 미아, 프레이크, 얀, 치즈(디핑치즈도 포함), 아랫집 남자, 소년 케이스, 사차원 로사, 헹크의 헹크다움, 와인(물론 셰리도), 마이꺼(그녀와의 불륜),

빌런, 수의사, 심부전, 니체, 기억들, 이야기들, 빌런의 음악성, 조지 베이커 셀렉션, 리디아(그녀와의 이혼도), 잠(죽음에 대한 공포에 관한 명상적 사색) 그리고 다시 잠에서 깨어났던 순간, 빌런, 버스, 보트의 소년들, 미아, 시적인 물질…. 그러니까 그 모든 하루 전체가, 갑자기 싹 사라져버렸다.

4부

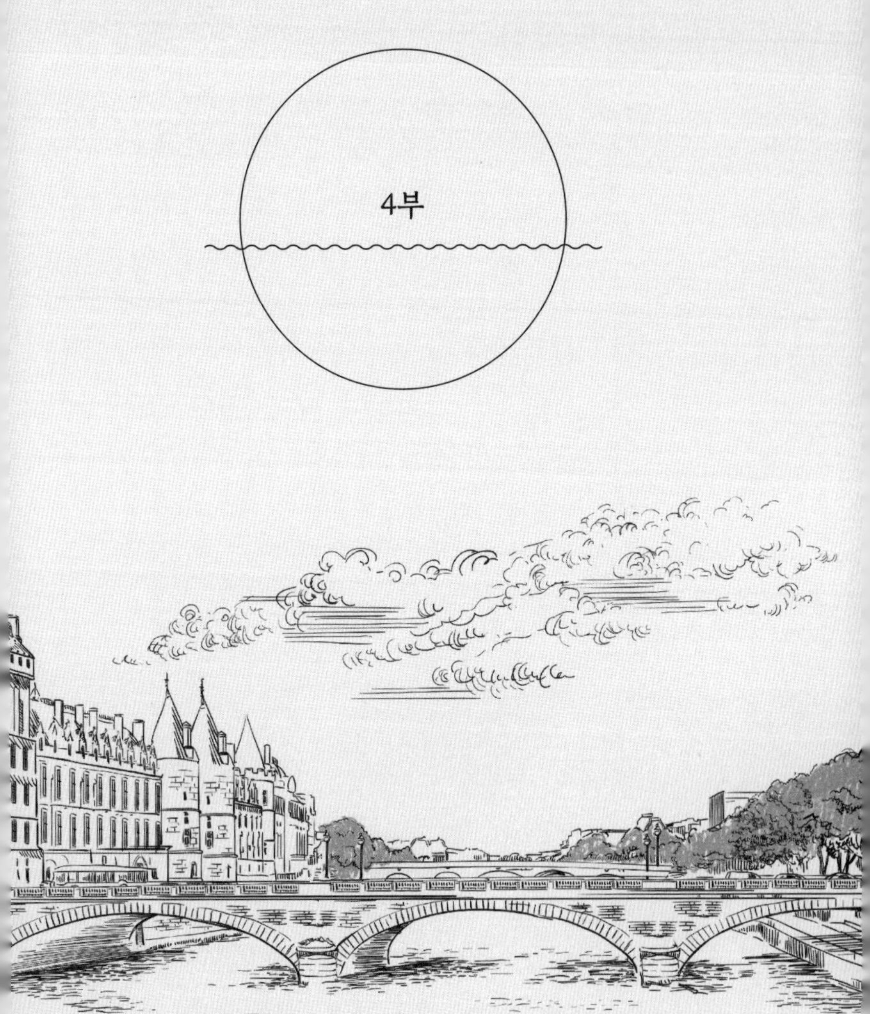

헹크는 꿈을 꾼다. 몇 분이 지나면 그는 잠에서 깨고 그 꿈을 기억할 거다. 꿈속에서 그는 대화를 나누고 있다. 그가 누구와 이야기를 나누는지 전혀 알 수 없지만, 아마 자신도 인지하지 못한 자기 신체의 일부, 56년 만에 처음으로 연결된 두뇌의 어떤 뇌엽과 이야기하고 있는지도 모른다. 그는 마치 새로 선출된 국회의원처럼, 즉시 일을 시작한다. 하지만 어쨌든 그 대화는 대략 다음과 같이 진행된다.

헹크, 무슨 생각을 하고 있나요?

미아 생각이요.

자세히 설명해 줄 수 있나요?

그녀 눈을 생각하고 있습니다. 그녀 눈동자의 색깔. 눈동자 색깔이 무엇인지 잘 모르겠어요.

잠깐 가서 보세요. 제 생각엔 그녀가 부엌에 있을 겁니다.

네. 그녀는 카레를 만들고 있어요. 그런데 요점은 그게 아니고요. 가서 보는 게 아니라, 그녀 눈동자 색깔이 무엇인지 알고 싶어요. 내가 그걸 모른다는 게 이상하지 않나요?

왜 이상하죠?

너무도 자주 그녀의 눈 속을 들여다보았는데도 그 색깔을 모르잖아요!

당신 자신이 답을 알고 있군요. 당신은 그녀의 눈을 본 게 아니라, 그녀 눈 속을 들여다봤어요.

내게는 너무 미묘하게 느껴지네요. 나는 그걸 모르는 바보일 뿐이에요. 일종의 무관심이죠. 소홀한 거예요. 마치 내가 그녀에게 관심이 없는 것처럼 말이에요.

그래서 죄책감을 느끼나요?

네. 아니요. 내 말은, 죄책감이라는 단어는 너무 바보 같아요. 사실 곰곰이 생각해 보면, 그 속엔 더 슬픈 무언가가 있어요. 그녀도 나를 너무 쉽게 놓아버릴 것 같은….

아하, 당신의 단골 화두 이야기군요. 다시금 금방 잊히는 삶….

네, 아마도요. 죄송해요. 그런데 신경이 쓰여요. 내가 그것에 대해 너무 징징댄다고 생각하나요?

내 생각엔 당신이 원하는 만큼 징징거려도 괜찮아요. 하지만 들어보세요. 아직 늦지 않았어요. 당신들은 곧 식사를 할 거예요. 카레를 먹고, 그 다음 그녀의 눈을 볼 기회가 있어요. 자세히 살펴볼 기회 말이에요.

네….

삶이 당신을 쉽게 놓아버리지 않도록, 주의 깊게 보세요.

네….

왜요? 뭐가 문제에요?

나는 사실 카레를 별로 좋아하지 않아요.

그 순간 그는 24시간 만에 네 번째로 잠에서 깼다. 이번에 그의 의식은 마치 수도원의 방처럼 희미하게 밝혀진 텅 빈 공간과도 같다. 그는 잠에서 완전히 깼지만 뚜렷한 생각이나 느낌이 없다. 그 꿈은 아주 천천히 그를 헤집고 들어온다. 이상하게도 처음에는 카레 냄새로, 그 다음은 목소리로, 그 다음에는 미아의 눈동자 색깔이 무엇인지에 대한 질문으로. 그는 알고 있다. 녹색이다.

그가 고개를 돌린다. 미아는 자고 있다. 그녀는 좀 떨어져 옆으로 누운 채 그를 등지고 있다. 어쩌면 그녀는 꿈을 꾸고 있을지도 모른다. 아침이 되면 아침식사를 하며 그녀가 꿈에 대해 이야기해 줄 수도 있다. 그들은 아침식사 후에 빌런과 함께 산책을 할 거다. 산책을 마친 후에 다시 사랑을 나눌 거다. 아마도 그들은 계속해서 정기적으로 만날 것이다. 그들은 아마 행복할 것이다.

수도원 방 같은 그의 의식은 천천히 채워지기 시작한다. 처음에는 길가, 초록색, 어딘가에, 길을 따라서, 외국 비슷한 곳과 같이 그 어떤 구체적인 형태도 취하지 않은 생각들, 이미지들, 기억들이다. 그 생각들은 비록 수도원에 어울리는 비교적 단순한 형태를 유지하지만, 점점 선명해지기 시작한다. 그는 이렇게 생각한다.

'이상하다, 나는 카레를 좋아하는데.'

그런데 갑자기 수도원 방은 다른 무언가로 가득 채워진다. 그것은 모든 공간을 차지하고, 모든 시선을 사로잡는다. 보라색과 녹색, 노란색의 아비규환이다. 메스껍다. 그는 앉았다가, 일어서서, 계단을 내려가, 거실을 가로질러, 화장실로 달려간다. 그리고 토한다.

술 때문이다. 변기에 몸을 걸친 채로 그는 생각한다. 어쩌면 잘 씹지 않고 삼켜버린 큐브치즈 때문일지도 모르겠다. 그는 다시 한 번 토한 다음, 숨을 헐떡거리며 욕실 바닥에 등을 대고 구른다. 습기로 얼룩진 천장에서 샤워부스 벽을 따라 생긴 특이한 문양을 목격한다. 특이하지만 안도감을 주는 광경이다. 최악은 이제 지나갔고, 이미 회복하기 시작했다. 그가 다시 움직이고, 일어서서, 얼굴과 입을 헹구고, 이를 닦고, 거실과 부엌으로 걸어가기까지 많은 시간이 걸리지 않았다. 버터밀크 한 잔이 도움이 될 거라는 생각이 불현듯 화장실 바닥에서 떠올랐기 때문이다. 그가 우유를 마시는 동안(냉장고 옆에 선 채로) 불쾌하고 거슬리는 소리가 들려온다. 그는 그것이 무슨 소리인지 금방 알 수 있다. 빌런. 그가 다시 숨쉬기 힘들어하고 있다. 다리는 쭉 뻗고, 머리를 다리 위에 얹은 채 계단 아래에 누워 있다.

"빌런…."

그는 약간 힘겹게 개를 들어 올려 소파로 데려가 무릎 위에 올려놓는다.

"그래, 이게 더 낫지…."

가쁜 숨, 불안정하게 움직이는 옆구리, 헐떡거리는 숨소리, 쉴 틈 없이 움직이는 혀, 빌런은 이런 것들과 아무 상관없다는 듯 행동하고 있다. 그건 다른 개라고, 내가 아니라고, 빌런이 아니라고. 그의 무릎에는 빌런이 아닌 낯선 생명체가 누워 있다. 헹크는 다음 약 시간이 언제인지 생각해 보지만, 그는 모든 시간 감각을 잃어버렸다. 달빛은 시간을 말해주지 않는다. 어쨌든 그가 빌런과 함께 건너야 하는 황야 같은 공허한 밤이 그 앞에 놓여 있다. 헹크는 별 저항 없이 그 여정을 받아들인다. 그는 불안해하지 않고 소파에 앉아 있다. 육체의 어떤 부분도 무너지지 않고, 생각의 소용돌이도 없다. 그는 빌런의 머리와 귓등 그리고 등을 쓰다듬는다. 그 행동은 몇 분 안에 긍정적인 효과를 발휘한다. 이 동물은 훨씬 편하게 숨을 쉰다. 몇 시간 후면 약을 먹고 산책을 하고 싶어 할 것이다. 앞으로 며칠 뒤면 약에 잘 적응하게 될 것이고, 때때로 숨 가쁜 발작이 없지는 않겠지만, 그래도 큰 불편은 사라질 것이다. 한동안은 그렇게 갈 것이고, 가끔씩 헹크는 개의 심장 근육에서 일어나는 일들을 실제로 체감하며 힘들어할 것이다. 그리고 한 달 정도가 지나면 증상이 악화되고, 위독해질 것이며, 그 다음은 갑자기 빠른 속도로 진행될 거다. 빌런은 고통스러워 할 것이다. 헹크도 고통스러워 할 것이다. 멀리서 검은 앙고라 스웨터를 입고 울고 있을 리디아도 고통스러워 할 것이다. 11월 16일 빌런의 고통은 끝이 날 것이다. 헹크는 오후 3시경 심부전 진단을 내렸던 그 의사가 빌런을 잠재우도록 허락할 것이다. 헹크는 죽어가는 개에게 부드럽게 이야기해 줄 것이다.

"편히 가렴, 빌런, 이제 가도 돼. 그래 괜찮아."

그런 다음 그는 죽은 개를 팔에 안고 모든 것을 잊은 채 울부짖을 것이다. 눈물을 흘리는 것이 아니라 울부짖는 것이다. 그는 울부짖으며 이렇게 생각할 것이다. 혼자인 게 다행이라고. 미아도 없고, 로사도 없고, 리디아도 없어 다행이라고. 슬픔을 억제할 수 없는 그의 모습이 타인에게 피해를 줄 수 있기 때문이다. 수의사만이 이것을 목격하고, 알고 있을 것이다. 헹크가 울부짖으며, 얼굴을 빌런의 털에 대어보고, 긴 주둥이를 다시 한 번 만져주고, 손가락 사이로 귀를 쓰다듬는 동안, 그 남자는 식탁 옆에 아주 꼿꼿하게 서 있을 것이다. 마침내 헹크가 진정하고 올려다볼 때, 헹크는 남자가 자신의 죽은 아들을 생각하며 서 있는 것을 보게 될 것이다. 헹크는 남자를 안고 싶은 충동을 느끼겠지만, 물론 그렇게 하진 않을 것이다. 그는 결국 빌런을 다시 테이블 위에 올려두고, 그의 눈과 얼굴을 손수건으로 닦고, 코를 풀 것이며, 그런 다음 수의사와 엄숙하게 악수를 하고, 고개를 끄덕이고, 다시 한 번 그의 얼굴을 빌런의 털에 부비고,

또 한 번 그리고 정말 마지막으로 얼굴을 대어 볼 것이다. 그리고는 재빨리 몸을 돌려 밖으로, 괴물 같은 세상 속으로 서둘러 걸어가 버릴 것이다.

하지만 이 모든 것은 아직 오지 않았다. 아직은 7월의 토요일, 아니, 일요일이고, 평가의 시간이 점점 다가온다. 우리는 소파에서 무엇을 볼 수 있는가? 헹크와 빌런을 본다. 그들의 하루를 어떻게 설명하면 가장 좋을까? 일종의 카타르시스. 깨끗하게 정화해 주는 경험, 아니, 잠깐, 이렇게 하지 말자. 평가의 시간을 갖지 않기로 하자. 그건 말도 안 되는 생각이다. 시간은 흘러간다. 그리고 그것뿐이다. 그 모든 것들이 그렇게 복잡하진 않다. 간단하게 이렇게 말해보자. 하루가 천천히 저물고 있다고. 그리고 다시 한 번 살펴보자. 물론 자세히 잘 보는 것이다. 그리고 그냥 그렇게 두자.

우리는 헹크와 빌런을 보고 있다. 헹크의 얼굴은 조용하고 차분하지만, 그날의 여운은 아직도 그의 머릿속에 메아리치고 있다. 그는 어쩌면 로사를 생각하고, 프레이크를 생각하고, 얀을 생각할 것이다. 또 누가 알겠는가, 그 도예가 생각을 하고 있을지. 그는 지난 24시간 동안 실제로 일어난 일을 언어로 옮겨본다. 그 어떤 것도 그의 삶이 아니고, 그 모든 것이 또 그의 삶이기도 했다. 그리고 우리는 그가 위층에서 조용히 잠들어 있는 미아 생각을 하고 있다는 걸 예상할 수 있다. 미아, 그는 생각할 것이다. 미아, 미아, 미아, 미아, 미아, 미아, 미아, 미아, 미아, 미아.

헹크와 미아에 관한 다음 사실만은 분명하다. 헹크와 미아는 여러 번 사랑을 나눌 것이다. 처음에는 미아의 요청에 따라 놀라울 정도로 다양한 자세를 시도해 볼 것이고, 나중에는 스스로 에로틱한 모험을 갈망하며 그렇게 할 것이다. 늦었지만 즐거운 발견이다. 그것은 거의 항상, 두 사람 모두에게 한 번 이상의 오르가슴을 선사할 것이고, 그것은 자주 동시에 일어날 것이다. 전반적으로 그들은 행복할 것이다. 그것은 섹스 때문이 아니라, 서로가 따로 살 만큼 현명해서가 아니라, 그들이 서로를 진심으로 많이 사랑하기 때문이다. 물론 인정머리 없는 인생의 독재자는 때때로 일반적인 좌절과 어긋남과 형편없는 타이밍과 끝없는 반복으로 자신의 힘을 드러낼 것이다. 그래서 가끔은 그들이 힘든 시간을 보낼 것이고, 그들이 얼마나 더 서로를 보게 될지는 두고 봐야 하겠지만, 그러나 그게 무슨 문제인가. 모든 행복의 순간은 이미 찬란히 빛나고 있는 것을.

달빛은 희미한 형태의 그림자 패턴을 만들어낸다. 그 패턴은

방을 가로질러 나무 바닥 위에, 커피 테이블과 로사가 다섯 살 때 그린 그림 위에(보트를 타고 있는 녹색 안경을 쓴 남자와 귀여운 곰 인형), 파란색 유리 꽃병, 쌓여 있는 책들, 신문, 빨간 양말 한 짝, 먹다 만 돼지 귀 과자 위로 천천히 움직이고 있다. 그림자가 소파 위, 헹크와 빌런 위로 마치 천사의 손길처럼 조심스럽게 미끄러지듯 다가온다-걱정 말아요. 내가 지켜주고 있어요.

빌런은 잠이 든다. 헹크도 포근히 잠에 안겨 있지만, 아직까지는 의식의 끈을 잡고 있다. 어느 순간 그는 스스로 편안하게 몸을 누인다. 기분이 좋다. 그의 움직임 때문에 빌런이 잠시 잠에서 깨어나고, 한숨을 쉬고, 만족스러운 듯 이내 다시 잠에 빠진다. 헹크는 빌런의 머리를 쓰다듬으며, 그의 생각이 가고 싶은 데로 그냥 놓아두지만, 그 뒤에 밀려오는 생각의 잔상이 약간은 그를 괴롭힌다.

얼마 후—그러나 시간이 얼마나 흘렀는지 그는 알 수 없다—그는 계단에서 들려오는 발소리를 듣는다. 마치 어린아이가 자신의 생일 아침에 계단을 내려오는 것처럼 아주 조심스러운 발걸음 소리다. 이미 테이블 위에 놓여 있는 그의 선물과 장식된 의자와 벽걸이 파티장식이 참을 수 없이 궁금한 아이의 발걸음이다. 하지만 그건 아이가 아니라 미아다. 그녀의 발걸음은 조심스러운 것이 아니라, 마치 공중에 떠 있는 것처럼 놀라울 정도로 가볍다. 그녀는 알몸이다. 헹크는 마음이 활짝 열리는 것을 느끼고, 그건 그에게 위험한 것이기도 하다. 그녀의 미소, 그녀가 머리카락을 쓰다듬는 모습, 풍성한 눈썹을 치켜 올리는 것과 같은 미아의 아주 작은 몸짓에도 그는 부서질 것 같다. 하지만 그녀는 그를 전혀 보지 못한다. 그녀는 거실을 대각선으로 가로질러 항상 불이 밝혀진 통로를 지나 현관 쪽으로 걸어간다. 잠시 후 헹크는 변기 물 내리는 소리를 듣는다. 그녀는 돌아오며 잠시 열린 문 앞에 멈춰 서지만, 그가 그녀에게 말을 하려고 할 때, 그녀는 다시 움직이기 시작하고, 여전히 그를 보지 못한 채 계속 걸어간다. 그 큰 발로 믿을 수 없을 정도로 가볍게, 계단으로, 이층으로, 그렇게 그녀는 사라진다.

오, 미아. 헹크는 생각한다. 오 미아, 미아, 미아, 미아, 미아, 미아 미아 미아 미아 미아 미아 미아 미아미아 미아미아미아….

시간은 흐르고, 삶은 계속된다. 살금살금 잠은 더 가까이 밀려온다. 빌런은 깊은 숨을 들이마신다. 헹크는 개의 심장이 뛰는 것을 느낀다. 그는 자신의 가슴에 손을 얹고 그의 심장이 뛰고 있는 것을 느낀다. 그의 몸속에 피가 흐르고 있고, 그의 장기들은 산소를 공급받게 되고, 그 과정의 어딘가에서 삶에 대한 열정이 샘솟기 시작할 거라고 확신한다. 그래, 그거다. 그는 이해하게 된다. 그의 눈이 감기고, 동쪽에서 다시 해가 떠오르고, 지구는 묵묵히 차가운 우주 속으로 그 열기를 방출하고, 그리고.

그래, 그거다. 그는 이해하게 된다. 이것이 정말 그것에 대해 설명할 수 있는 가장 현명한 방법이라고.

살아 있다는 것.

출처

'장엄함grandeur'(p.22)과 '가장 아름답고 경이로운most beautiful and most wonderful'(p.45)의 인용문은 찰스 다윈의 《종의 기원》에서 따온 것임.

'물질과 시간stof en tijd'(p.21)은 보르헤스의 시 〈De Tango〉에서 인용하였음.

'태어날 때부터 그 축축한 무덤het natte graf van de geboorte(p.125)은 메노 비그만Menno Wigman의 〈Intensive Care〉의 한 구절을 참조하였음.

'사랑의 감정 또는 사랑이 아닌 감정, 나이가 드는 것 그리고 죽음liefde, of geen liefde, ouder worden, en dan de dood'(p.204)은 헤라르트 레이브Gerard Reve의 〈Scheppend kunstenaar〉를 인용하였음.

미주

1. 미국의 희극배우이자 영화배우.
2. 네덜란드의 시인 마티누스 네이호프Martinus Nijhoff 1894~1953의 시 〈어머니, 여인De moeder de vrouw〉의 첫 부분이다.
3. 윌리엄 셰익스피어의 비극《덴마크 왕자 햄릿의 비극》의 주인공 햄릿.
4. 도스트옙스키《죄와 벌》의 주인공 라스콜리니코프.
5. 제임스 조이스《율리시스》의 주인공 레오폴드 블룸.
6. VVDVolkspartij voor Vrijheid en Democratie. 보수자유주의를 표방하는 네덜란드의 정당.
7. 〈선더버드〉의 주인공들은 실을 사용하여 제어하는 꼭두각시 인형이다.

8. 포르투갈을 대표하는 시인 페르난두 페소아Fernando Pessoa의 시 〈봄이 올 때Quando vier a primavera〉이다.
9. 조반니 바티스타 피라네시Giovanni Battista Piranesi는 18세기 이탈리아의 판화가이자 건축가이다. 그는 고대 건축물들을 세밀한 기법으로 묘사해낸 작품들로 유명하다.
10. Doe Maar('그냥 하면 돼'라는 의미)는 1978년부터 활동했던 네덜란드의 유명 팝그룹이다.
11. 게슈탈트Gestalt는 '형태, 형상'을 뜻하는 독일어로 형태심리학의 주요 개념이며, 게슈탈트 이미지는 인간이 형태를 인지하는 시지각에 대한 원리를 설명한다. 한 화면에서 시각적인 효과를 갖기 위해서는 전경과 배경의 요소가 필요한데, 예를 들어, '루빈의 컵' 그림은 전경과 배경이 서로 교차하면서, 흰색 컵이 전경으로 보이기도 하고, 마주보는 두 사람의 검은 색 얼굴이 전경으로 보이기도 한다.

옮긴이의 글

평범한 하루의 일상
그 속에서 전하는 삶에 대한 깊은 고찰

네덜란드에서 가장 중요한 문학상 중 하나인 리브리스Libris 문학상 수상의 영광을 안은 이 작품의 번역 의뢰를 받았을 때, 나는 낯섦과 설렘의 감정을 동시에 느꼈다.

낯섦: 산더 콜라트. 그는 겨우 두 편의 소설작품을 출판한, 네덜란드인들에게도 많이 알려지지 않은 작가였다.

설렘: 반짝이는 문장들에 감탄했고, 인생을 바라보는 작가의 통찰이 신선했다. 나는 어느새 니체, 찰스 다윈, 프리모 레비, 베토벤, 보르헤스, 페르난도 페소아와 함께 여행을 떠나고 있었다.

코로나 대유행으로 인해 집에 머무는 시간이 늘고, 사람들과 직접 소통하는 시간보다 일상에 대한 간절한 그리움으로 보내는 시간이 더 많았던 지난 해, 이 책을 읽고 번역하는 과정은 역자에게 따뜻한 위로가 되었다. 소소하고 일상적인, 어찌 보면 그리 특별할 것 없는 헹크의 평범한 하루가, 작은 것들을 바라보는 그의 애정 어린 시선이 현재를 살아가는 나에게 위안이 되었기 때문이다.

작품은 중환자실 간호사인 주인공 헹크의 어느 토요일 일상을 그리고 있다. 물론 코로나시대에 간호사는 영웅적 인물이 될 수 있겠지만, 작품 속 헹크는 영웅과는 거리가 먼 주인공이다. 50대 중반, 과체중, 반려견과 사는 독신의 이혼남. 그는 개와 함께 조깅을 하고, 치즈가게에서 장을 보고, 요양원에 있는 옛 동료를 방문하고, 우연히 만난 여성과 사랑에 빠지고, 저녁엔 조카 생일파티에 참석한다. 언뜻 보기에 평범한 하루지만, 그 시간 속에 작가는 반려견의 다가오는 죽음에 대한 두려움, 슬픔, 자책과 패배감, 우정, 시작되는 사랑의 설렘, 삶에 대한 열정, 사랑, 이 모든 감정들을 다 담아내고 있다. 그러므로 오늘 하루는 그저 그런 하루가 아니라, 작은 일상 속에서 인생의 위대함을 발견할 수 있는 그런 하루다.

이야기와 문학

주인공 헹크는 삶에(또는 사물에) 의미를 부여해 주는 것은 '이야기'라고 말한다. 소소한 헹크의 토요일 하루가 의미 있는 하루가 될 수 있는 것도, 그냥 '물질'에 지나지 않는 인간이 '장엄함'의 일부가 될 수 있는 것도, 스토리가 있기 때문이라고 말한다.

자세히 보고, 관찰하고, 대상이 가진 이야기를 읽어내며 무의미한 것에서 의미 있는 것을 만들어내는 작업은 결국 세상을 견고하게 지탱시키는 과정이며, 이야기가 없는 세상은 의미 없는 조각들로 부서져버릴지도 모른다. 이러한 생각은 결국 자신의 작품과 스토리를 통해 인간과 세상에 대한 이해를 도울 수 있으리라는 작가 콜라트의 작품관을 반영하기도 한다. 그의 이전 작품 《인생 메시지Levensberichten》에서도 작가는 이야기의 필요성을 강조하며, 호모 사피엔스는 곧 호모 나란스Homo narrans임을 말해주었다. 즉, 인간은 이야기를 통해 세상을 이해하게 되며, 문학은 곧 이러한 스토리텔링의 중요한 역할을 담당한다. 작가는 한 인터뷰에서 이렇게 말했다.

"문학은 제가 깊이 사고할 수 있게 하는 아주 중요한 수단입니다. 우리 인생에 있어서 무척 중요한 것이 바로 나와 세상이 어떻게 구성되었는지를 발견하는 것입니다. 문학은 그러한 질문을 잘 제기하죠."

외적으로 보면 그냥 특별할 것 없는 중년남성 헹크가 의미 있는 존재로 자리매김할 수 있는 것은 작가가 그를 자세히 관찰하고, 스토리를 부여해 줌으로써 가능해진다. 그의 귀, 입술, 코, 두개골, 두 손에 각각의 의미가 부여되고, 또 기쁨, 사랑, 실망, 부끄러움, 허무함의 감정을 표출하는 스토리텔링이 부여됨으로써 헹크는 독자들에게 의미 있는 존재로 자리매김하게 되며, '헹크다움'을 선사받는다. 작품 속에서 주인공은 끊임없이 질문한다. '헹크를 헹크답게 만드는 것은 무엇인가?' 그리고 이 질문은 우리에게 이렇게 묻게 한다. '나를 나답게 지탱시키는 것은 무엇인가?', '내 인생의 핵심은 무엇인가?'

메멘토 모리와 카르페 디엠

『개와 함께한 하루』는 15세기 네덜란드 도덕극 〈만인〉을 떠올리게 만든다. 영국 작품 〈만인Everyman〉의 원작으로 추정되는 이 작품에서 미덕Duecht과 자아성찰을 통한 지식Kennisse이 중요한 등장인물이지만, 무엇보다 '죽음Dood'은 아주 중요한 역할을 담당한다.

『개와 함께한 하루』에서도 죽음은 아주 중요한 요소이다. 마약에 중독되어 정신질환을 앓다 죽은 헹크의 큰형에 대한 기억, 치매를 앓고 있는 옛 동료, 매일 죽음을 직면한 사람들을 만나야 하는 중환자실 간호사라는 헹크의 직업 그리고 자신의 나이 들어가는 육체에 대한 자각, 언젠가는 맞닥뜨릴 자신의 죽음에 대한 예견….

그리고 지금, 헹크의 반려견도 다가오는 죽음을 직면하고 있다. 눈빛만 봐도 서로가 원하는 것을 이해할 수 있었던 헹크와 개는 얼마 전부터 서로에게 생경함을 느끼기 시작했다. 개가 아프기 때문이다.

> "병이란 건 이런 거다. 우리의 정상적인 관계를 망가뜨리고, 이로 인해 서로를 낯선 존재들로 만들어 버린다. 우리가 누구이고 또 무엇인지에 대한 정체성의 당위를 파괴시킨다. 서로의 친밀감은 훼손된다. 이렇게 둘은 나락의 양 끝자락에서 서로를 바라

보게 된다."

반려견은 나이가 많이 들었고, 심장은 잘 작동하지 않고 있다. 그리고 이 개의 다가오는 죽음이 헹크에게는 견뎌내기 힘든 아픔이다. 하지만 빌런은 잘 작동하지 않는 심장을 가진 하나의 물질이 아니다. 헹크는 개의 삶 속에서 감정을 읽고, 수많은 이야기들을 발견한다. 그 개는 말러의 음악을 좋아하고, 존 베이커 셀렉션을 좋아하고, 〈엘리제를 위하여〉를 들을 때면 머리를 갸우뚱하며 한쪽 눈썹을 치켜 올린다. 이렇듯 작가는 언젠가는 맞닥뜨릴 죽음 앞에서 현재를 살아가는 반려견의 이야기를 통해 '삶에 대한 열망'을 끌어내고 있다.

이 작품의 원제는 'uit het leven van een hond', 직역하자면 '개의 삶으로부터'이다. 작가는 개의 삶으로부터 우리 인간이 어떻게 살아가야 하는지에 대한 도덕적 메시지를 전달하고 있다. 헹크와 반려견의 하루를 함께 따라 온 독자들은 자문한다. 내가 무엇을 보았는가? 한 남자의 하루? 개의 하루? 사랑 이야기? 어쩌면 개의 심장은 멈추어 가고 있고, 헹크의 심장은 뛰고 있음을 보았을지도. 그리고 우리의 심장도.

삶의 긍정

그렇다면 인간의 삶의 가치는 어디에 있는가?

콜라트가 이 책에서 묘사하는 삶은 작고, 평범하고, 사소한 듯 보이지만, 그 속에서 인생의 위대함이 발견된다. 그리고 그 핵심은 방황과 고통 속에서 삶의 아름다움을 발견하는 것, 삶에 대한 열정을 지켜가는 것, 바로 '삶의 긍정'이다.

> "[헹크는] 자기 자신에게 실존적으로 중요한 무엇인가를 발견했고, [그것은 바로:] 태고로부터 전해오는 생명의 새로운 형태, 생명력, 삶에 대한 열정, 아모르파티amor fati. 네 운명(삶)을 사랑하라. 레벤스베야웅Lebensbejahung. 삶의 긍정."

죽음을 이야기하는 페소아의 시도, 그루초 막스의 "난 죽는 한이 있어도 영원히 살려고 노력할 것입니다"라는 말도, 모두 삶에 대한 열망과 열정을 노래하고 있다. 바로 이 열정이, 이 에너지가 이 책을 관통하는 작가의 메시지이다. 그러므로 삶의 가치는 오늘을 살고 있는 당신의 삶 그 자체에 있다.

전 세계가 코로나 바이러스의 대유행으로 인해 지금껏 한 번도 경험하지 못한 사회적 혼란과 낯선 일상, 우울과 좌절감 그리고 상실의 아픔을 견뎌내며 타협해 온 지 벌써 2년의 시간이 다가오고 있다. 그리고 우리는 다시금 저마다의 방법으로 이러한 좌절과 상실을 딛고 새로운 일상을 만들어 가는 그 시작점에 발을 딛고 있다. 그리고 바로 그 순간, 다시 찾게 될 일상의 소중함과 우리 삶의 궁극적 의미에 대해 깊이 생각할 수 있게 한 이 '따뜻한 철학책' 『개와 함께한 하루』를 만난 것에 감사한다.

문지희

개와 함께한 하루

초판 1쇄 인쇄 2021년 11월 4일
초판 1쇄 발행 2021년 11월 17일

지은이 산더 콜라트
옮긴이 문지희
펴낸이 유정연

이사 임충진 김귀분
책임편집 조현주 **기획편집** 신성식 김수진 심설아 김경애 이가람 **디자인** 안수진 김소진
마케팅 이석원 박중혁 정문희 김예은 **제작** 임정호 **경영지원** 박소영

펴낸곳 흐름출판 **출판등록** 제313-2003-199호(2003년 5월 28일)
주소 서울시 마포구 월드컵북로5길 48-9(서교동)
전화 (02)325-4944 **팩스** (02)325-4945 **이메일** book@hbooks.co.kr
홈페이지 http://www.hbooks.co.kr **블로그** blog.naver.com/nextwave7
출력·인쇄·제본 성광인쇄 **용지** 월드페이퍼(주)

ISBN 978-89-6596-478-0 03850